# अनामिका

साहित्य अकादेमी पुरस्कार से पुरस्कृत कवि अनामिका का जन्म 17 अगस्त, 1961 को मुज़फ़्फ़रपुर, बिहार में हुआ। वे दिल्ली विश्वविद्यालय में अंग्रेज़ी की प्रोफ़ेसर हैं। उनकी पुरस्कृत और देश-दुनिया की बहुतेरी भाषाओं में अनूदित प्रमुख कृतियाँ हैं—*बीजाक्षर, अनुष्टुप, कविता में औरत, खुरदुरी हथेलियाँ, दूब-धान, टोकरी में दिगन्त, पानी को सब याद था, बन्द रास्तों का सफ़र, My Typewriter is My Piano, Vaishali Corridors* (कविता-संकलन); *अवान्तर कथा, दस द्वारे का पींजरा, तिनका-तिनके पास, आईनासाज़* (उपन्यास); *स्त्रीत्व का मानचित्र, स्वाधीनता का स्त्री-पक्ष, त्रिया चरित्रं : उत्तरकांड, स्त्री मुक्ति : साझा चूल्हा, स्त्री-मुक्ति की सामाजिकी : मध्यकालीन और नवजागरण, Feminist Poetics : Where Kingfishers Catch Fire, Donne Criticism Down the Ages, Treatment of Love and War in Post-War Women Poets, Proto-Feminist Hindi-Urdu World (1920-1964), Translating Racial Memory, Hindi Literature Today* आदि (आलोचना)।

ई-मेल : anamikapoetry@gmail.com

# टोकरी में दिगन्त

## थेरी गाथा : 2014

अनामिका

राजकमल पेपरबैक्स

पहला पुस्तकालय संस्करण
राजकमल प्रकाशन प्राइवेट लिमिटेड द्वारा
2015 में प्रकाशित

राजकमल पेपरबैक्स में
**पहला संस्करण :** 2021
**तीसरा संस्करण :** 2025



---

**राजकमल पेपरबैक्स :** उत्कृष्ट साहित्य के जनसुलभ संस्करण

---

राजकमल प्रकाशन प्रा.लि.
1-बी, नेताजी सुभाष मार्ग, दरियागंज
नई दिल्ली-110 002
द्वारा प्रकाशित

**शाखाएँ :** अशोक राजपथ, साइंस कॉलेज के सामने, पटना-800 006
पहली मंजिल, दरबारी बिल्डिंग, महात्मा गांधी मार्ग, प्रयागराज-211 001
1, अनमोल सोराबजी सन्तुक लेन, धोबी तलाव, मरीन लाइंस, मुम्बई-400 002

वेबसाइट : www.rajkamalprakashan.com
ई-मेल : info@rajkamalprakashan.com

बी.के. ऑफसेट
नवीन शाहदरा, दिल्ली-110 032
द्वारा मुद्रित

**मूल्य :** ₹299

TOKRI MEIN DIGANT
*Poems by* Anamika

ISBN : 978-93-90971-47-3

# भूमिका

पिछले दिनों जब नालन्दा विश्वविद्यालय के खँडहरों में नए प्राणों के संचार की योजना बनी, जापान के 'सोकागाकाई' संगठन से कुछ बौद्ध युवतियाँ यहाँ आईं। उनमें से एक का मुझसे लम्बा पत्राचार चला था! दूसरे विश्वयुद्ध की विभीषिकाओं के बाद शान्ति-सेनानियों का एक व्यापक प्रतिसंसार रचने की वैश्विक योजना जापान के जिन महायानियों ने बनाई थी, उनमें प्रमुख थे निचिरिन दाइशोनिन, निको शोनिन और निचिओकु शोनिन के तेजस्वी अनुयायी, सुनेसाबुरो माकिगुची, जोसाइ तोडा और दाइसाकु इकेदा! यह लड़की, तुमुको 'सोकागाकाई' संगठन के भारतीय चैप्टर की एक प्रखर शान्ति-सेनानी है। अहिंसा और आत्मविश्लेषण को आन्तरिक क्रान्ति का मुख्य हथियार घोषित करनेवाले इस संगठन की अधिकांश योद्धा स्त्रियाँ ही हैं! जब किसी परिवार, ग्राम-प्रान्तर या वनांचल पर कोई विपदा आती है, शान्ति-सेनानियों का यह दल हर तरह से उसकी सहायता को प्रस्तुत हो जाता है और शृंखलाबद्ध, लम्बी बातचीत की प्रक्रिया में हताहत लोगों का आत्मबल ऐसा जगा आता है कि आगे आने वाली समस्याएँ दूर करने में वे स्वयं ही सक्षम हो जाएँ! हँसता-बतियाता, मुक्त मन से सकारात्मक किस्से सुनाता, दोनों हाथों से लुटाता, बदले में कुछ भी नहीं चाहता यह दल परीकथा के देवदूतों-सा ही नजर आता है!

नालन्दाप्रवास के समय कुछ दिन मैं तुमुको के साथ उनके आसपास रही! करीब पन्द्रह दिन का यह प्रवास मेरे जीवन की विशिष्टतम घटना है! विश्वास कीजिए, यहाँ मैं उन थेरियों से मिली जिनके बारे में बचपन से पढ़ती आई थी कि समाज की अलग-अलग श्रेणियों से ये बुद्ध के पास आई थीं और काफी गहरे आत्ममन्थन के बाद बुद्ध ने अन्ततः इन्हें मठ में प्रवेश दिया था, लेकिन यह कहते हुए कि पहले यह संघ जितने लम्बे समय तक कायम रहता, उसके आधे समय तक ही अब कायम रह पाएगा!

बहुत वर्षों तक मैं सोचती रही थी कि बुद्ध जैसे सम्बुद्ध व्यक्ति ने यह कहा तो क्यों! स्त्रियों को 'नीचा' यानी 'पतन का द्वार' सिद्ध करना तो ऐसे मनीषी की मंशा रही नहीं होगी! नालन्दा-प्रवास के दौरान ही मुझे इस प्रश्न का उत्तर इन थेरियों से मिला जो अपनी गाथाओं में अब तक जीवित थीं! ऊर्जा नष्ट नहीं होती, भाषिक और वैचारिक ऊर्जा तो प्राकृतिक ऊर्जाओं का ही क्रीड़ा-घर है, वहाँ प्रकाश है, ध्वनि, ऊष्मा, चुम्बकत्व, गतिज ऊर्जा और भाविक ऊर्जा भी—वह क्योंकर नष्ट होने लगी! हम सब थोड़ा-सा आत्मबल जगाकर आज इन ऊर्जाओं को मनोनुकूल काया पहना सकते हैं—और कभी भी, कहीं भी भास्वर संवाद कायम कर सकते हैं।

'लाइट एंड साउंड' नामक कार्यक्रम खँडहरों में भी इतिहास का पुनर्मंचन साधता ही है। नालन्दा के खँडहरों में 'लाइट एंड साउंड' के इसी कलात्मक अभियोजन के बाद एक रात मुझको ये थेरियाँ मिलीं! कहते हैं कि नालन्दा का पुस्तकालय इतना समृद्ध था कि आक्रमणकारियों ने जब इसमें आग लगाई, यह सालों-साल जलता रहा! थेरियाँ उनकी ही राख पोटली में लिये पुलकन पोखर के किनारे बैठी थीं, जब मुझको इनकी एक झलक-सी मिली!

इस घटना के बाद मुझको बुखार आ गया और बुखार की तन्द्रा में ही इन्होंने जो मुझसे कहा-सुना, ज्यों-का-त्यों रख देने

का यत्न करती हूँ! अपने-अपने ढंग से इन्होंने मेरे प्रश्न का ये ही उत्तर दिया कि बुद्ध को अविश्वास स्त्रियों पर नहीं था, पुरुषों के निग्रह पर था। उनकी निग्रह क्षमता पर उनको इतनी आस्था नहीं थी! स्त्री को सखा और बन्धु समझने वाले, उन्हें बराबरी का दर्जा और मान देने वाले पुरुष आज भी कम ही हैं! प्रकृति ने उन्हें पाशविक बल तो ज्यादा दिया है, पर आत्मबल और आत्मनिग्रह उतना नहीं दिया, तभी सौन्दर्य उनके लिए 'कब्ज़े की चीज़' हो गई है! 'कब्ज़े की चीज़' होते-होते स्त्रियाँ थक तो गई ही हैं, इसलिए उनको बुद्ध और सम्बुद्ध निग्रही पुरुष और योगी ही अच्छे लगते हैं, उनके लिए उनके मन में सहज आकर्षण जगता है जो उनके पीछे नहीं पड़ते और अपनी सारी ऊर्जा इस योग्य बनने में लगाते हैं कि स्त्रियाँ स्वयं आगे बढ़के उन्हें अपना सखा, अपना गुरु कह सकें।

चूँकि बुखार की तन्द्रा में ये थेरी-गाथाएँ दर्ज हुई हैं, बहुत अधिक तार्किक संयोजन यहाँ आपको नहीं मिलेगा। वर्तमान और अतीत, इतिहास और किंवदन्तियाँ, कल्पना और यथार्थ यहाँ साथ-साथ घुमरीपरैया-सा नाचते दीख सकते हैं।

—**अनामिका**

# क्रम

## पुरोवाक्



## अंक - 1

## थेरियों की बस्ती

## अंक – 2

## ये मुजफ्फरपुर नगरी है, सखियो

## अंक - 3

## चलो दिल्ली, चलो दिल्ली
## वैशाली एक्सप्रेस : 2009

# पुरोवाक्

## आम्रपाली

था आम्रपाली का घर
मेरी ननिहाल के उत्तर
आज भी हर पूनो की रात
खाली कटोरा लिये हाथ
गुजरती है वैशाली के खँडहरों से
बौद्धभिक्षुणी आम्रपाली।

अगल-बगल नहीं देखती,
चलती है सीधी-मानो खुद से बातें करती—
शरदकाल में जैसे
(कमंडल-वमंडल बनाने की खातिर)
पकने को छोड़ दी जाती है
लतर में ही लौकी—
पक रही है मेरी हर मांसपेशी,
खदर-बदर है मेरे भीतर का
हहाता हुआ सत!

सूखती-टटाती हुई
हड्डियाँ मेरी
मरे कबूतर-जैसी
इधर-उधर फेंकी हुईं मुझमें।

सोचती हूँ–क्या वो मैं ही थी—
नगरवधू–बज्जिसंघ के बाहर के लोग भी जिसकी
एक झलक को तरसते थे?
ये मेरे सन–से सफेद बाल
थे कभी भौंरे के रंग के, कहते हैं लोग,
नीलमणि थीं मेरी आँखें
बेले के फूलों–सी झक सफेद दन्तपंक्ति:
खँडहर का अर्द्धध्वस्त दरवाजा है अब जो!
जीवन मेरा बदला, बुद्ध मिले,
बुद्ध को घर न्योतकर
अपने रथ से जब लौट रही थी
कुछ तरुण लिच्छवी कुमारों के रथ से
टकरा गया मेरे रथ का
धुर से धुर, चक्के से चक्का, जुए से जुआ!
लिच्छवी कुमारों को ये अच्छा कैसे लगता,
बोले वे चीखकर—
''जे आम्रपाली, क्यों तरुण लिच्छवी कुमारों के धुर से
धुर अपना टकराती है?''
''आर्यपुत्रो, क्योंकि भिक्खुसंघ के साथ
भगवान बुद्ध ने भात के लिए मेरा निमंत्रण किया है स्वीकार!''
''जे आम्रपाली!
सौ हजार ले और इस भात का निमंत्रण हमें दे!''
''आर्यपुत्रो, यदि तुम पूरा वैशाली गणराज्य भी दोगे,
मैं यह महान भात तुम्हें नहीं देनेवाली!''
मेरा यह उत्तर सुन लिच्छवी कुमार
चटकाने लगे उँगलियाँ :
'हाय, हम आम्रपाली से परास्त हुए तो अब चलो,
बुद्ध को जीतें!'
कोटिग्राम पहुँचे, की बुद्ध की प्रदक्षिणा,
उन्हें घर न्योता,

पर बुद्ध ने मान मेरा ही रखा
और कहा-'रह जाएगी करुणा, रह जाएगी मैत्री,
बाकी सब ढह जाएगा...'
''तो बहा काल-नद में मेरा वैभव...
राख की इच्छामती,
राख की गंगा,
राख की कृष्णा-कावेरी,
गरम राख की ढेरी
यह काया
बहती रही
सदियों
इस तट से उस तट तक!
टिमकता रहा एक अंगारा,
तिरता रहा राख की इस नदी पर
बना-ठना,
ठना-बना
तैरा लगातार!
तैरी सोने की तरी!
झुर्रियों की पोटली में
बीज थोड़े-से सुरक्षित हैं—
वो ही मैं डालती जाती हूँ
अब इधर-उधर!
गिर जाते हैं थोड़े-से बीज पत्थर पर,
चिड़िया का चुग्गा बन जाते हैं वे,
बाकी खिले जाते हैं जिधर-तिधर
चुटकी-भर हरियाली बनकर।''

सुनती हूँ मैं गौर से आम्रपाली की बातें
सोचती हूँ कि कमंडल या लौकी या बीजकोष—
जो भी बने जीवन, जीवन तो जीवन है!

हरियाली ही बीज का सपना,
रस ही रसायन है!
कमंडल-वमंडल बनाने की खातिर
शरदकाल में जैसे पकने को छोड़ दी जाती है
लतर में ही लौकी,
पक रही है मेरी हर मांसपेशी तो पकने दो, उससे क्या?
कितनी तो सुन्दर है
हर रूप में दुनिया!

## कूड़े में पन्नियाँ

इच्छाओं के ट्रैफिक जाम में फँसे-फँसे
जब पूरा जीवन ही बीत गया,
मैं बस से कूद गई
और जनसमुद्र में गोते लगाती
निकल गई दूसरी सड़क पर!
हड़बड़ में बस के ही पायदान पर छूटी गठरी
मेरे वजूद की!
उँगलियों से मैंने बालों की गाँठें निकालीं
और बाँध लिया
इखरी-बिखरी यादों का जूड़ा
नाई की दुकान में लटका चाँद देखकर!
फिर कस लिया फेंटा!
कोई सामान नहीं था लेकिन काम बहुत था—
परसों ही कोई विस्फोट हुआ था यहाँ!
मलबा-ही-मलबा फैला था
भीतर-बाहर, बाहर-भीतर, सफाई ज़रूरी थी!

अच्छा है, छूट गई पीछे ही बोरी
मेरे वजूद की!
दुनिया की हर बोरी की तरह
छोटी पड़ जाती यह भी!
कहाँ-कहाँ से चुनूँ!
संसद-कचहरी-मन्दिर का ओसारा,
मस्जिद या गुरुद्वारा—
कहाँ से करूँ मैं शुरू!
हर तरफ चिनगियाँ हैं, चिरायँध है, पर हौसला है अनन्त!
पुच्छल तारे से झाड़ू माँग ली है
और बुहार कायनात
रख लिया है
इसी टोकरी में दिगन्त!

## थर्मामीटर

धुर बचपन में
अमराई के चौकीदार की तरह
एकदम से पकड़ लेता बुखार हमें
और बंद कर देता कालकोठरी में!
जिसकी गवाही पर गिरफ्तार होते हम,
फूटी आँखों नहीं सुहाता हमें वो थर्मामीटर!
सन् नब्बे में फूटा
दुनिया का सबसे बड़ा थर्मामीटर,
पारे के तारों-सी छिटक गईं
जब सोवियत संघ की सब इकाइयाँ
तब जाकर ये जाना हमने — होता है दुनिया में काफी-कुछ

तर्क और प्रमाण के परे!
आज जब धरती का माथा गरम है,
जलस्रोतों की पट्टी पूरी नहीं पड़ती,
निष्पत्र पेड़ हो गए हैं
थर्मामीटर,
याद आ रही है वो छोटी-सी लड़की
ओ. हेनरी की कहानी
'द लास्ट लीफ' की!
प्लास्टिक की एक पत्ती
डोल रही है हवा में
अन्तिम साँसें गिन रही
आस को
देती दिलासा
झूठी-सच्ची!

## कीमोथेरेपी के बाद

''कभी-कभी अपने वजूद से
बाहर टहलने निकल जाओ,
जाओ, वहाँ जाओ,
दूर वहाँ कोने में खड़े रहो
यों ही कुछ देर,
फिर गौर से जाँचो खुद को
कि कैसे हो!''
कहते थे उस्ताद फत्तन खाँ, डांस मास्साहब अक्सर ही,
लखनऊ घराने के ठाठ हैं यही—
वहाँ कथक कहता है कथा

मगर बँधता नहीं किसी किस्से में,
रहता है गत-पार
आगत-विगत पार!
मैं खास डांसर नहीं निकली,
गुरुमंत्र आत्मसाक्ष्य का मुझसे कितना सधा,
मुझको नहीं पता,
लेकिन हाँ, लम्बी वेणी में बँधनेवाले
मेरे ये बाल
कीमोथेरेपी के बाद से
इस बात का मर्म समझने लगे हैं!
फुहियों-से धीरे-धीरे झड़कर,
इधर-उधर उड़कर,
कमरे के हर कोने से
पीछे मुड़-मुड़कर
मुझे जाँचते दीखते हैं ये!
अभी छोह थोड़ा-सा बाकी है,
धीरे-धीरे तटस्थ हो लेंगे!
उस्ताद फत्तन खाँ जहाँ कहीं भी होंगे—
क्या सोचते होंगे देखकर
झड़े हुए बालों का विस्तृत संजाल
सुबुक और थोड़ा बेहाल
काँप रहा है धीरे-धीरे
कमरे की हर शय पर—
हवा में उड़ाई गई
एक अधूरी चिट्ठी जैसी अनन्त, अकथ
स्वरलहरियाँ रचता
कपड़ों पर, कन्धों पर, तकिए पर, तौलिए पर,
क्या जाने कितने
विरामचिह्न ...
कभी हाइफन, कभी कोष्ठक की शक्ल में!

मुड़ता-तुड़ता
एक केश एकदम अकेला
खुले हुए ओठों पर लो, आ गिरा—
चुप की उँगली की तरह!

साँसों से भी झीने
इन केशों का
वारा-न्यारा करने आती है
खिड़की से ठंडी हवा!
तोशक के नीचे सिहरती हैं
स्मृतियाँ,
एक्स-रे प्लेटों से सटी हुई!

दो अकेले लोग
मुस्कुराकर देखते हैं
एक-दूसरे को!
एक पीला फूल
प्रज्ञादीपित-सा
खिला हुआ सिरहाने—
खोल रहा जीवन के मायने—

आगे-न-पीछे
जीवन तो बस इस पल के
नन्हे वर्तुल में समाया है
जैसे कि आँखों में एक बूँद
अब गिरी, तब गिरी — जैसी!

[ अंक - 1 ]

# थेरियों की बस्ती

# इतिहास

बूढ़ी पटरानी की तरह
एक दुख बैठा है मुझमें!
वह अपने दरवाजे नहीं खोलता!
गुमसुम ही सुन्न महल में बैठा रहता है,
कभी कुछ किसी से नहीं बोलता!
नई-नवेली सब तकलीफें
उसका करती हैं लिहाज,
रुख ही नहीं करतीं
उसके उस कोप-भवन का!
आपस में ही उलझी रहती हैं
खेलती रहती हैं घुमरीपरैया!
कभी-कभी वह पुरातन दुख ही आ जाता है खिड़की पर।

× × ×

एक था राजा, एक थी रानी!
दोनों मर गए, खतम कहानी?
अरे नहीं, कहानी यहीं से शुरू होती है
अपने इस लोकतंत्र की
कि गई हुई चीजें कभी नहीं जातीं,
ओझल हो जाती हैं
गिरती दीवारों के पार कहीं।

धूल का दुपट्टा लपेटे
यों ही कहीं ऊँघ जाती हैं यादें
एक पूरी कौम की!

## गठरियाँ

वह एक अधखिला-सा दिन था और प्रसन्न बह रही थीं हवाएँ
भूख बहुत जोर की लगी थी।
आँचल की गाँठ में बचा
वह अन्तिम नोट निकाला
और उड़ा दिया
जैसे कभी कबूतर उड़ा दिए थे
नूरजहाँ ने!
"किसकी नूरजहाँ हूँ मैं—
इस अँधियारे कमरे में यों
टीन खुरचती आटे की?"
सोच ही रही थी
कि दूर कहीं से आते
बुद्ध दिखाई पड़े :
कन्धे पर अपने उठाए हुए गठरी
पृथ्वी के दुखों की!
पृथ्वी खुद भी एक गठरी-सी
पड़ी हुई थी उनके कन्धों पर
चने और सत्तू की
नन्ही पोटलियों के साथ
जो थेरियों ने
उनको थमाई थीं!

अब मेरा रस्ता आसान था!
उनके ही पदचिह्न टोहती
उलटी दिशा में मैं लौटी
उन थेरियों तक
जिन्होंने उनको
उन-तक ही भेजा था
वापस!
भूख-प्यास-नींद और कामना भी थेरियाँ ही हैं
रस्ता दिखाती हैं और साथ कभी नहीं छोड़तीं।
तो सबसे पहले मिली मुझको—
तृष्णा थेरी ही।

## तृष्णा थेरी

वह मुझसे उमगकर मिली
और आँखों में आँख डाल बोली—
''मैं आदिम भूख हूँ, बेटी, मुझको पहचान रही हो?
दुर्भिक्ष में चूल्हा
एक फकीर की आँख-सा धँसा
जाँचता है गौर से मुझको, हँसता है!
और अट्टहास की तरह
फैल जाती हूँ मैं हर तरफ!
कभी-कभी मैं शादी की सेज पर भी जगती हूँ
एक दुःस्वप्न की तरह!
तीन मिनट की ट्रैफिक लाइट के बाद
धाँय-धाँय, धक-धक, सब धूल-धुआँ!
दुल्हन की आँखों में

चकित-थकित हँसती हैं
दिन-भर की सब घुड़कियाँ
और फिर पचती हैं अधखाए अन्न की तरह
धीरे-धीरे!
वितृष्णा इसको ही कहते होंगे भन्ते, है न?''
''मैं आपको जानती हूँ माँ,'' मैंने कहा,
''मीटिंगों-क्लासों-सभाओं के बीच भी
एक झपाके में अचानक उतर आती थीं
नींद बनकर (अबाबील-सी)
और लंच-ब्रेक के बहुत पहले
पेट में खुट-खुट-खुट करती थीं
घोंसला बनाती गौरैया-सी, वो आप ही थीं न?''
थोड़ा मुस्काई, फिर बोली—
''हाँ-हाँ, मैं वो ही हूँ
गौतम के सूखे होंठों से पपड़ियों-सी
एक कटोरी खीर में जो झड़ी थी!
दिन-भर की खटनी के बाद मिले
पाँच रुपैये की एक मलाई बरफ लेता है
जब मजूर बच्चा
और मुझे बहलाता
घर की तरफ भाग लेता है,
बीमार आजी की खातिर बची होती है
उसके उन हाथों की सींक में मलाई बरफ जितनी—
उतनी ही मैं छोड़ देती हूँ स्पेस
प्यार-व्यार की खातिर हर दिल में।''

# फिर बोली वह स्मृति थेरी

आगे बैठी थीं स्मृति थेरी
बाँचती हुई अनन्त गाथाएँ—
"एक था राजा,
एक थी रानी,
मर तो गए दोनों लेकिन, खतम नहीं हुई ये कहानी!
उस दिन से जिसने भी प्यार किया,
राजा हुआ और रानी!
भाषा का सुन्नमहल उसने आबाद किया!
...रानियों के इस शहर आई तो सोचा—
राज करूँ मैं भी कुछ,
सुन्नमहल में दीया बालूँ कि नाचूँ मैं,
पगघुँघरू मीरा से माँगूँ,
ऐसी-वैसी मंगनहार नहीं, रानी हूँ
अपने इस सुन्नमहल की!
गुलज़ार है मेरा सुन्नमहल
सखियों के दम से
कि राजा तो
दुनिया के सारे राजाओं की तरह
गए हुए हैं युद्ध पर :
सोचती हूँ कभी-कभी
'धरती के कागद' पर ये फूल जो हैं—
क्या लाल-नीले-पीले शब्द हैं अधखिले?
क्या राजा ने कोई चिट्ठी लिखी है
निगूढ़ कूटलिपि में,
युद्ध के कठिन मोर्चों से उधियाती जो
पहुँची है हम तक...!!
जब तक इस दुनिया में खुले हुए हैं
युद्ध के मोर्चे, राजा लौटेंगे कैसे?

जयपुर से भयपुर तक
भींग रहे हैं सब ही

एक अगिन-बरखा में!
हकला रही हैं दिशाएँ सब अ-अ-अ,
चाहती हूँ मैं इस 'अ' से 'अभय' लिखना,
खींचकर काल की हथेली अब।
चाहती हो मेरा दाय तो
घर जाओ भाषा थेरी के,
ऐ लड़की!''

## भाषा थेरी बोली

झोली फैलाए हुई, मैं भाषा थेरी के घर चली गई।
वह ममता का सागर थी, मुझसे कहने लगी—
''सत्य ही मेरा स्तन्य है,
मेरी यह गोद है तुम्हारा घर!
मेरा घर?
मेरे हैं कई-कई घर, कई सहचर,
मैं कहीं अँटती नहीं,
साँसें हैं मेरी असवारी,
जाती हूँ भीतरी शिराओं तक तुम्हारी
और लौट आती हूँ वापस अपनी खुदी तक!
जो देखता है, मुझे देखता है,
जो सुनता है, सुनता है मुझको!
मैं स्वाद हूँ, मैं ही जिह्वा,
मैं गन्ध, मैं ही हूँ पृथ्वी—

फूलों-फलों-औषधियों का मत्त विलास!
जो जानता है, मुझे जानता है,
वाणी मैं, ब्रह्मांड है कोख में मेरी!
सातों समुन्दर मेरा आँचल,
सन-सन-सन बहती हुई सब दिशाएँ मैं,
इस सृष्टि का पहला आँसू,
उद्‌दीप्त मुस्कान पहली,
हरीतिमा घास की मैं ही, आकाश की नीलिमा,
हिमाच्छन्न हो मेरा मन तो मैं
साधूँ निरंकुश-सी सकदम,
रस-रंग-गन्ध और ध्वनियाँ इस सृष्टि से बहिष्कृत करूँ
और मना कर दूँ फूलों को—
खबरदार; यदि खिले।
सारा यह रूप तुम्हारा, तुम्हारी यह चेतना
मेरा उपहार है तुम्हें!''

## पीछे चली आई स्मृति थेरी फिर बोली

''जैसे कि कुन्ती ने नवजात कर्ण को बहाया था,
मैं अपनी उम्मीद रखती हूँ पानी पर
हरे-हरे पत्तों से आच्छादित एक टोकरी में।
लहरों पर डोलती
पहुँचेगी आखिर कहीं तो—
कभी तो किनारे लगेगी ये!
ले जाएगा इसको गोदी उठाके
भाषा का सारथी!
मोर्चे पर औरों के यह भी युद्ध लड़ेगी—

लेकिन फँसेगा नहीं कीच में इसका पहिया!
नहीं फँसेगा
क्योंकि शापग्रस्त परशु और भाले से नहीं,
उस भाषा से लिया है इसने
अपना ब्रह्मास्त्र—
राजपाट फैला है जिसका
भयपुर से जयपुर के बीच की
हरी-भरी धरती पर!
शब्द-शब्द में गूँजती है वो अनहद-सी,
अवरुद्ध कंठ में उतरती है!
गूँगे का गुड़ है वह,
बधिरों का अन्तर्संगीत—
यह भाषा जो हँसती है
सब अर्थों पर और अनर्थों पर
'इक दिन ऐसा आएगा, मैं रूँदूँगी तोय'—
ये तेवर उसी का है।"

## चिन्दियाँ : क्षत-विक्षत कश्मीर की सरहद से लल्लदेद बोल पड़ीं

"लद्दाख की
सड़क कोई—
दुर्गम, अनन्त!
हो रही है शून्य में बारिश!
गाड़ गया है कोई
मेरे हृदय में प्रार्थना पताका!
दो खच्चर

बोझ से दबे
बढ़ रहे हैं धीरे-धीरे!
मेरी ही उखड़ी हुई साँसों का गट्ठर
लदा हुआ है
पीठ पर उनकी!
पीकर कोकाकोला
फेंकी गई है कोई बोतल।
किरचियाँ चुनता हुआ
एक बूढ़ा भूटिया—
हो गया है खूनमखून!
एक बड़े काँच का टुकड़ा
यों चुभ गया है
हथेली में उसकी कि
पट्टी जरूरी है!
जल्दी-जल्दी फाड़ती हूँ मैं अपना वजूद
छोटे-छोटे टुकड़ों में
जैसे कि माँ अपनी
धुली हुई सब पुरानी सूती साड़ियाँ
फाड़ती थीं उन दिनों के लिए!
वह तो उन्हें फाड़कर
तहा देती थी टुकड़ों में
लेकिन मैं ठहरी अबढाह!
फाड़ रही हूँ टेढ़ा-बाकुल!
एक की बाँधी है पट्टी किसी तरह,
बाकी का उड़ा रही हूँ परचम!
एक टँग गया प्रेत-सा डाल पर,
एक नदी में बहा,
एक असीसा गया, एक कोसा!
एक फँसा झाड़ में,
एक वो उड़ा...वो उड़ा,

वोऽऽ वा...काटा!
एक उड़ा मोक्ष को,
एक यहीं मोह में स्वाहा!''

## वितृष्णा थेरी अब बोल पड़ी मेरे ही भीतर से

हाँ, वे विकट दिन थे!
मैंने क्या-क्या न किया
कि मन थोड़ा बदले!
खुद को न जाने कितने खिलौने पकड़ाए,
हातिमताई के पढ़े कारनामे,
उपनिषदों की कथाएँ पढ़ीं,
कुन्दरी की भुजिया बनाई,
फर्श रगड़कर पोंछी।
टहलती-टहलती गई
नुक्कड़ के हलवाई तक
जो शब्द की पूरी सच्चाई के साथ
मार रहा था मक्खी!
थोड़ी-सी ली बालूशाही!
इत्ती-सी दी अपनी
थक्को गिलहरी को
जो हरदम जाती ही रहती थी
क्या जाने कहाँ से कहाँ।
ऐसे ही किसी रोज
घर से निकली होंगी थेरियाँ।
जो यह नहीं जानता,
वह जा कहाँ रहा है,

जाता है बहुत दूर, कहती थी दादी
तो मैं भी चल ही दी!
जाना था मुझको नालन्दा,
बुद्ध से मिलना
एकदम जरूरी था,
चली जैसे चलती है लू
हहास लिये,
बेरोक-टोक, आर-पार!

× ×

हकासी-पियासी सड़क
चल रही थी साथ मेरे।
एक आरम्भ अधबना-सा
बीच में ही ढह गया था!
एक अर्थ फूट गया था
प्याऊ के दूसरे घड़े-सा
एकदम बीच रास्ते!
उम्मीद की छाँह में
सुस्ता रही थीं कुछ साइकिलें!
एक कोरियरवाला
खड़ा था वहीं!
एक मिनट रुककर मैं सोचने लगी—
'इस कोरियरवाले की सूरत
'मेघदूत' से मिलती है
या 'रासोकाव्य' के पथिक से?'
उफ, गर्मी की दोपहर!
कितने ही डर, कितने अपडर
उठ रहे थे जैसे
खरपात, लू, धूल-धक्कर!
'धूप है कि सौतिया डाह, बाबा?'

सोचा मैंने और गर्दन उठाई!
फिर मूँद ली आँखें!
जिस नाटक-कम्पनी में काम करती रही इतने साल,
एक बार धक् से वो याद आ गई,
आने लगे याद
अलग-अलग नाटकों के
वे सारे संवाद—
तिनके से तिनका जुड़ा
भीषण बवंडर में
खर-पातों की तरह ही
गडमड प्रसंग उड़े।
मन से बड़ा मंच क्या होगा!
इस प्रचंड गर्मी में भी
वहाँ मंचित हुआ
वह प्रफुल्ल, झिलमिल वसन्त और
एक अनुपस्थिति की आहट से काँपकर
भीतर कुछ चटका
न-कुछ-सा!

× × ×

शब्द उड़े!
शब्द थे, पहुँचे तो होंगे
कहीं तक!
शब्द ही होते हैं
चप्पू,
उचकुन,
उड़नखटोला,
डेंगा-पानी,
वायुयान,
रिक्शा,

लिल्ली घोड़ा।
कहीं-न-कहीं तो पहुँचते हैं!
इन शब्दों की सोचते ही
पैरों में पंख लग गए मेरे!
छूट गए काम-धाम,
छूट गई बस्ती,
छूट गया मेरा वह नाम कहीं रस्ते में,
छूट गई मैं पूरी-की-पूरी :
कम-से-कम कुछ क्षण तो
ऐसा लगा कि गा रही हैं हवाएँ होली,
उड़ रही हूँ गुलाल बनकर मैं,
पीछे है बच्चों की टोली!
मत्तगयन्द छन्द में
पेड़ जंगल के
लिख रहे हैं
एक फगुनाहट—
लाल स्याही में गुलमुहर लिखते
और नीले में बस कुटम-कट-कट!
बज रही है ढोलकी,
'भली भई मेरी मटकी फूटी,
मैं तो पनिया भरन से छूटी!'

× × ×

अजब-सा सुनहरापन बरस रहा था हर तरफ
तितली के पंखों से
कि अचानक ही विस्फोट हुआ और फिर
सब हो गया बिलकुल धुआँ-धुआँ

# शान्ता थेरी बोली

''एक बारूदी नगर शून्य है, तूने देखा क्या?
विस्फोट के ऐन एक मिनट पहले,
कोई कर रहा था किसी को
समय बचाकर थोड़ा प्यार,
किसी को नौकरी मिली थी
सदियों के इन्तजार के बाद
विस्फोट के ऐन एक मिनट पहले!
किसी ने वादा किया था—
जिन्दगी का पहला वादा—
घास की सादगी
और हृदय की पूरी सच्चाई से
खाई थीं साथ-साथ
जीने और मरने की कसमें
विस्फोट के ऐन एक मिनट पहले!
किसी ने चूमा था नवजात का माथा,
कोई खूँखार पत्नी की नजरें बचाकर
बैठा था बीमार माँ के सिरहाने,
कोई कटखने बाप से छुपाकर
लाई थी पिटे हुए बच्चों का खाना
विस्फोट के ऐन एक मिनट पहले!
अभी-अभी कोई सत्यकाम
जीता था सर्वोच्च न्यायालय से
लोकहित का कोई मुकदमा—
तीस बरस के अनुपम धीरज के बाद!
घिस गई थी निब कलम की,
कलम जो किताबें लिख सकती थी,
लगातार लिखती रही थी रिट-पेटीशन!

घिस गए थे जूतों के तल्ले,
धँस गए थे गाल!/किला फतह करके
वह निकला ही था कचहरी से
कि दोस्तों को बताएगा—
जीत गए वे सारे,
पहला ही नम्बर घुमाया था
विस्फोट के ऐन एक मिनट पहले!
ऐसा नहीं कि मैं विस्फोट नहीं चाहती,
मैं चाहती हूँ विस्फोट
लेकिन कुछ दूसरी तरह का!
बुद्ध जहाँ जनमे या बुद्धत्व जहाँ गया—
उन देशों को बुद्ध की ही
करुणा की कसम देती
चाहती हूँ विस्फोट—
एक प्रज्ञावान, प्रतिबद्ध, अहिंसक
किन्तु अटल और सामूहिक विस्फोट
इस आलसी और महाधूर्त धैर्य के खिलाफ
जो बर्दाश्त करता है
सब कुछ तो बस इसलिए
कि आराम में नहीं पड़े कोई अड़चन!
'टू मिनट्स प्लीज' ही
जिसकी है काल-संचेतना,
उसका तो होगा ही न
धमाका तत्वदर्शन!''

# सरला थेरी ने कहा

आँखें भरी थीं अन्धा कर देने की हद तक,
सो मैं कुछ देख ही नहीं पाई,
चलती ही चली गई मैं नाक की सीध में।
एक अदृश्य-सी नकेल पड़ी थी मुझ पर!
''देख ही नहीं पाई मैं दाएँ-बाएँ!''
जैसे ही मैंने कहा, मेरे कन्धे से सिर गिर गया!
हाथ-पाँव टूट गिरे!
एक ठिंगना पेड़ थी अब मैं
जिस पर अमरूद लगे थे!
एक बड़े अमरूद में
बीते हुए प्रेम का
निरुद्विग्न, पीला पनीलापन
और ठंडा-सा उजास,
गहरे सन्ताप से नहाया था दूसरा!
अगले में भूले हुए राग की थी गमक!
धूप में बहुत देर पका हुआ खारा समुन्दर
सबके भीतर था।
सब पर ही
एक छाँह थी—
डाल से बिछुड़ने को तैनात पत्तों की!
एक विलम्बित कामना सबमें सुकुर-सुकुर करती थी
एक बड़े भुइले-सी!
प्रायश्चित डंक मारता था!
बुद्ध ने ठीक ही कहा था—

''कुछ भी नहीं बचता कहने को
कुछ भी नहीं कहने पर,

और देखने को भी कुछ भी नहीं बचता
कुछ भी नहीं देखने पर!"

## मुक्ता थेरी बोली

"मृत्यु का क्या!
वह तो मुहल्ले की लड़की है!
आगे नाथ, न पीछे पगहा!
काली माई की तरह बाल खोले हुए
घूमती रहती है इधर से उधर
टूअर-टापर।
हर फसाद, हर दंगे के बाद
एक बड़ी झाड़ू लिये
घूमती है वह
और झुककर बुहारती है
कौशल से पूरी सड़क।
आकाश एक बड़ी बोरी है
उसकी ही पीठ पर पड़ी!
झाड़ू लगाती-लगाती
धम्म बैठ जाती है
वह तो कभी-भी कहीं
और देखते-देखते
घेर लेते हैं उसे
शूशी-शूशी खेलते
पिल्ले-बिलौटे और चूजे।
वृद्धाएँ उसको बहुत मानती हैं;
टूटी हुई खाट पर

टूटी हुई देह
और ध्वस्त मन लेकर
पड़ी हुई वृद्धाएँ
बची हुई साँसों की पोटली
और एक टूटी मोबाइल
तकिए के नीचे दबाए
करती हैं इसकी प्रतीक्षा
कि वह किलकती हुई
कहीं से आए,
जमकर करे तेलमालिश,
और कुछ बोले-बतियाए,
कहीं ले जाए!
उसके लिए छोड़ देती हैं वे
एक आटे की लोई!
खूब झूर-झूर सेंकती है
वह जीवन की रोटी!
साँसों की भट्ठी के आगे
छितराई हुई
धीरे-धीरे तोड़ती है
वह अपने निवाले तो
पेशानी पर उसके
एक बूँद चमचम पसीने की
गुलयाती तो है जरूर
पर उसे वह नीचे टपकने नहीं देती।
आस्तीन से पोंछ देती है ढोल-ढकर कुरते के!
कम-से-कम पच्चीस बार
हमको बचाने की कोशिश करती है वह इसी तरह
हमारे टपकने के पहले!
बड़े रोब से घूमती है
इस पूरी कायनात में यों ही!

आपकी परछाईं है न वह,
आप उसे बाँध नहीं सकते।
हाँ, लाँघ सकते हैं सातों समुन्दर,
पर अपनी परछाईं लाँघ नहीं सकते!
डरना क्या!
वह तो रही,
वह रही—
मृत्यु ही तो है न,
मृत्यु-मुहल्ले की लड़की!''

## मृतकों के जूते : जिजीविषा थेरी बोली

''आती हैं चिट्ठियाँ अभी तक उनके नाम की
दूर दराज के इलाकों से,
टँगी हुई है उनकी अचकन
खूँटी में अब तक!
जूते जाने को तैयार खड़े हैं!
धूल भी उठल्लू-सी
बैठी है इन पर—
झाड़ी जाने को तैयार!
ब्रश जूतों के हों या पेंटिंग के
एक चमक पैदा करते हैं सतह पर,
कालिख भी धार-भरे हल्के स्ट्रोकों से
चमचम चमक जाती है अक्सर!
जूतों में घुसकर सुस्ताती ये धूप
कुछ परेशान है अपनी लपटों से!
हम सब अपनी ही लपटों से परेशान हैं!

पिछले जनम की चिताओं से
आग चुरा लाए थे
अपनी ही सिगरी सुलगाने को!
अब वह धुआँती है
अपने ही भीतर!
और उदासी चढ़ती जाती है
परत-दर-परत
धूल-सी, सारे जूतों पर!
ये जूते कहाँ-कहाँ लिये गए हमको—
मिथकों की घाटी से
इतिहास के बीहड़ों तक!
चकचका रहे हैं, पर
हैं तो पुरातन ये जूते!
होने दो
एक और बारिश!
एक फफूँद जरा बेघर-सी
धीरे-धीरे इनमें घर कर ले
तो क्या गजब है!
ये जो विरासत है—
अपनी ही कीलदार हीलों से परेशान!
घर का सबसे छोटा बच्चा
अपने नन्हे-नन्हे पाँव डालता है जब अपनी विरासत में—
हड़बड़ा जाते हैं मारे खुशी के,
खुद पर ही शर्मिन्दा ये
छूटे हुए जूते!''

## मृत्युगन्ध पर फेनाइल : जिजीविषा थेरी फिर बोली

"शतरूपा वह!
उन्मत्त-ह्वेल की तरह नाचती है
महासागर पर।

पिछले बरस वह उड़ी थी
बगदाद की सड़कों पर
'अरेबियन नाइट्स' के किस्सों की
अबाबील बनकर।
स्कूल के रस्ते में चलती थी वह
बनकर लकड़सुंघा!

बर्फीली सिल्ली पर
मेरे ही इन्तजार में लेटे पापा की
नीली हँसी बनकर
एक अर्से तक वह टिकी रही
घर की अँधेरी मुँडेर पर।
फिर धीरे-धीरे मेरे पीछे
एक पालतू बिल्ली बनकर
चलती रही ठाठ से—दूर तक!
शतरूपा इस मृत्युगन्ध से
अफरे रहते हैं अखबार—
रोज सुबह बिछते हैं जो आसनी बनकर
ढाबे की खुदुर-बुदुर बेंच पर!

अब जब मैं भी सुई में धागा
नहीं लगा पाती चश्मे के बगैर—

करती हूँ इन्तजार कि कहीं से बेटा आए
और मदद कर जाए—
अधसिले कपड़ों पर चुन्नटें डालती हुई
सोचती हूँ अकसर—
ऐसे ही मनोयोग से सिलकर
बचपन में
कितनी तो झालरें पिन्हाई गई थीं मुझे भी—
उपदेश-आदेश-सन्देश—
एक देश सबमें था नेकनीयती का!
यह बात, वैसे, अलग है कि
नेकनीयती से ही पटा पड़ा होता है
हर नर्क का रास्ता!

दूर क्षितिज पर खड़ाऊँ खड़कती है।
एक आवाज बढ़ी आती है-भूर्जपत्र-सी जर्जर—
'हर दिन ही जीवन का ऐसे जीना चाहिए जैसे अन्तिम हो!
बग्घी किसी दिन रुक सकती है!
अच्छी तरह निबटाकर रखो काम-काज,
हर बेला चल-चलन्त की बेला,
कोई भी मुलाकात अन्तिम हो सकती है!
इसलिए गठरी रहे हरदम तैयार!'
'गठरी? कैसी गठरी?' पूछता है बच्चा,
'अपना वह अगड़म-बगड़म वाला थैला तुम मुझको दो,
इसी में पड़ी होगी मेरी खोई सीटी,
तुम्हारी सिलाई की रीलें भी होंगी—
दोनों मिलाकर बनाऊँगा मैं गाड़ी।'
कहता है वह छीना-झपटी मचाता
और सारा दर्शन चल-चलन्त का
रह जाता है ठगा-सा उसको देखता!''

## घसियारिन थेरी से बोली बूढ़ी घोड़ी

''यह नकेल कब छूटेगी, मेरी प्यारी सखी?''
घसियारिन थेरी से बोली बूढ़ी घोड़ी!
घसियारिन थेरी हँसी, बोली—
'मुट्ठी-भर हरियाली का सपना
और थोड़ी-सी हुड़क खरहरे की
खूँटे से बँधे हुए मन को
हिन हिन-खिन खिन से भरे रहती है
ऐसे ही!'

## अर्थ वही जो इन शब्दों में समा जाएँ

चापा मछुआरिन की छोटी-सी बेटी
चार उदासियों के संग खेल रही थी
पाँच पानियों के किनारे!
मस्तक में उसके झिलमिल सरोवर,
आँखों में हंसों का जोड़ा!
चेहरे पर जाड़ों की धूप खिली,
घूँघर में छाँहों का डेरा!
दो शब्दों के फाँक में बैठी
अर्थों-अनर्थों से खेल रही थी
लुका-छिपी।
बुद्ध वहाँ से गुजरे तो वह रुकी—
''बाबाजी, तुम तो समय के तैराक'', वह बोली—
''जाओ जरा, सीपियाँ लिये आओ उस तट से—
भरी नहीं है अब तक मेरी यह झोली!''

बुद्ध झुके और कहा—
"भरना जरूरी है?
जितने पर बस कर लो,
उतने पर पूरी है!"
प्यास की बड़ी मच्छी काढ़े
चापा मछुआरिन की छोटी-सी बेटी
चार उदासियों के संग थमक गई
पाँच पानियों के किनारे!

## दुख भी ख़ुशी ही है, भन्ते

आम्रपाली की तरह सहज-सुन्दर
महाबुद्ध की पालिता-भाषा पालि
हिन्दी की मातामही थी,
जानती है मंगला थेरी!
'पचीसी' उलटती हुई
एकदम से पूछ बैठी—
"दुख भी ख़ुशी ही है, भन्ते?
विक्रम के खेलवाड़ी वैताल की तरह
डाल से उलटा लटक गई ख़ुशी?
डाल से उलटा लटकने के पहले
राह काटने को एक किस्सा सुनाती,
किस्सा सुनाकर बुझाती हुई यों पहेली
कि बूझें तो जाएँ, न बूझें तो जाएँ!"
बुद्ध मुस्कुराए, कुछ कहा नहीं तो ये ही बोलती गई—
"दुख ही तो करता है जिजीविषा का संचार,
भाषा के सब वैभवों में है इसका विस्तार,

किस्से सुनाने में कितना बहादुर,
प्रश्न दागने में उस्ताद!
एक बार में तो समझ ही नहीं आता—
ये धमकी है या फरियाद—
'जानकर इस प्रश्न का उत्तर नहीं दिया
तो सर टुकड़े-टुकड़े हो जाएगा आपका
और जो दिया तो मैं
डाल पर लटक जाऊँगा उलटा!'

मैं भी वहीं थीं, मैंने पूछा—

"कन्धे पर लदे हुए वैताल की तरह
दुख-सुख जो बतियाते हैं हमसे—
वो कौन-सी भाषा है, भन्ते?
अपनी हिन्दी तो नहीं?
फाइलों में मरी-खपी लेकिन
गलियों में कितनी जीवन्त,
सहजों के लिए सहज-सुन्दर, विकटों की खातिर दुर्दान्त?"

बुद्ध ने सुना किन्तु मौन ही रहे।

## केतकी थेरिन

पुरमजाक थी केतकी थेरिन!
प्यास का जो मटकों से रिश्ता बनता है,
उसका था बुद्ध से वही रिश्ता!
रह-रहकर बुद्ध तक चली जाती,
कई बार पानी को पूछती,
कई बार प्रश्न पूछती, कई बार नहीं पूछती!
पर जब भी लौटती वहाँ से, माटी जरूर गूँथती

और प्रश्न माटी की मूरत बन सज जाते यहाँ-वहाँ,
दीपदान बनकर भी टँग जाते
बौद्धविहारों की चौखट पर कभी-कभी
उसके सब अनुत्तरित प्रश्न!
उसकी प्रशस्तमन हँसी भी
कई प्रश्न टाँग गई थी लोगों के मन में!
जिस दिन उसके मुँह पर
मठ का दरवाजा बन्द हो गया,
बुद्ध स्वयं मठ के बाहर आए
और संग उसके चले दस कदम।
उस शाम के बाद से
लगातार नाचती हुई दीखी लोगों को,
नाचती हुई अक्सर गाती वो
ये गाना, सुनना है, तो लो, सुनो, गाती वो—
''हो-हो-हो-अच्छा ही होता है हो जाना
घर का, न घाट का!
जो दोनों खूँटों से छूट गया,
बढ़ जाता है उसके जीवन का दायरा!
फूटेगा मटका—
तब ही तो वह सागर होगा!''

## साझा स्पेस

युद्ध के अनन्तर जो खेतों में सात साल जलती रहीं—
उन किताबों का आगार—
नालन्दा पुस्तकालय!
टहलते हुए बुद्ध उधर गए!

एक गहरी झील थी
किताबों के बीच कहीं!
उसके ही पानी में पाँव डालकर बैठने
आते थे जोड़े—
पूरी दुनिया के खदेड़े हुए!
निश्चिन्त झपकी की टोह में
वृद्धजन आते वहाँ
और मुँह छिपाकर किताबों में
थोड़ा-सा सो लेते :
कितनी सदियों की थकान
कचकचाती हड्डियों में!
स्वप्न और तन्द्रा की दो छोटी डोंगियाँ
इस गहरी झील में लिये जातीं इनको
कहाँ से कहाँ!
बँटी-फटी-छँटी-कटी
इस धरती पर एक
साझा स्पेस देखकर
बुद्ध सन्तुष्ट हुए!
साझा किताबों के तंग हाशियों पर
लाखों अनाम पाठकों की
हरी-लाल पेंसिल की टीपें
किसको निवेदित थीं, कौन कहे!
साथ चल रही मुग्धा थेरी से
बुद्ध ने कहा—
"सोचो, ये टीपें क्या कहती हैं!
कहती हैं-इतिहास हरदम भविष्य-सजग रहता है,
निजता निजेतर के घर आती-जाती है,
कम-से-कम
दरवाजा
दोनों के बीच खुला रहता है हरदम!"

## मरती नहीं हैं उड़ानें

एक बाल-थेरिन भी
थेरियों के हॉस्टल में थी,
एक दिन उसने कम्प्यूटर पर तितली देखी
और कहा—
"ये क्या घनचक्कर है, अम्मा,
तितली तो इतनी सुन्दर है,
फिर हिटलर की मूँछों को काहे
तितली-कट कहते थे?"
बुद्ध उधर से गुजरे, हँसकर कहा—
"हिटलर की मूँछों का
प्रतिपक्ष थीं ये तितलियाँ!
दुनिया-भर की कड़क मूँछों से
लोहा लेने को तैयार!"
इतने में दीख गई सचमुच की तितली
जो इन दिनों जल्दी दीखती नहीं,
और बुद्ध बोले—
"देखो-देखो, गौर से देखो—
अपने नन्हे रोशन पंखों से
अँधियारा काटती हुई
एक तितली उड़ रही है वहाँ!
उड़ रही है पंख खोले हुए एक झिलमिल उम्मीद
घोर नाउम्मीदी के मेघायित आकाश में।
सृष्टि के पहले आँसू की तरह
कँपकँपा रहे हैं उस तितली के पंख।
इस खफीफ कम्पन में
भय का स्पर्श नहीं है,
सिहरन है आनन्द की
जो जानते हैं उड़ने वाले ही!

तितलियाँ मरती नहीं हैं, मरती नहीं हैं उड़ानें आदमी के भीतर की।
अपना आकाश सिर्फ
उन्नत करना होता है,
और हिम्मत करनी होती है
पंख खोलने की!''

## उत्पलवर्णा थेरीगाथा

''मृगनयनी,
फूले-फले शालवन में अनासक्त और अभय बैठी है काहे? आ, मेरे साथ आ!
तुझे दिखा दूँ दुनिया!''
मार ने कहा मुझसे!
''तेरे जैसे लाख धूर्त भी इकट्ठा हो
मेरा बिगाड़ नहीं सकते कुछ,
यह देह मिट्टी है, मिट्टी का क्या?
चित्त मेरा ठोस पर्वत है!
ठोस पर्वत वायु से विचलित कभी नहीं होता।
मैं जानती हूँ, मैं क्या हूँ,
सो, निन्दा-प्रशंसा-कुछ मुझको नहीं व्यापती!
ज्ञान ही आहार है मेरा!
और शून्य ही मेरा घर, पुण्य मेरे सिंहद्वार!
उड़ते पंछी का पथ मेरा पथ,
तू पीछे आएगा कैसे?''
मार ने कहा—''तू कहे तो मैं अन्तर्हित हो जाऊँ,
या तेरी भौंहों पर जा बैठूँ?
या तेरे उदर में समा जाऊँ?''
''तू मक्खी तो है ही, बैठे कहीं भी

लेकिन मुझमें व्यापेगा कैसे?
मेरा रस अन्तस्थ है। माँ हूँ मैं,
उदर में प्रवेश करेगा तो आ,
आ, तुझको नया जन्म दे दूँ!"

## मल्लिका थेरी

एक दिन मेरा प्रेमी मुझसे मिलने चला आया,
मैंने कहा उससे—
"यह शरीर है हड्डियों का नगर,
रुधिर-मांस से लीपे कई-कई खाली घर—
मृत्यु, शंका और बुढ़ापा!
अहंकार गुम्बद है इनका,
बाशिन्दे भूत-प्रेत,
टूटी छत से पानी घुस आता है जैसे,
मोह टपकता है
इधर से, उधर से!
जम जाती है काई!
उधर से गुजरना तो ध्यान से!
ध्यान ही उबारेगा, ऐ भाई,
वरना तो शोक
ताक में ही बैठा है,
जैसा कि बुद्ध ने कहा—जीवन है
'मालुवा लता-वेष्ठित
साखू के पेड़ की तरह।' "

## अभिरूपा थेरी

हे भन्ते! नहीं जानती,
मेरे जीवन का हासिल क्या!
मेरे वे सारे सम्बन्ध जो बन ही नहीं पाए,
वे मुलाकातें जो हुई ही नहीं,
वे रस्ते जो मुझसे छूट गए
या मैंने छोड़ दिए,
उढ़के दरवाजे जो खोले नहीं मैंने,
शब्द जो उचारे नहीं
और प्रस्ताव जो विचारे नहीं—
मेरे सगे थे वही, जिनकी मैं सगी न हुई!
करते हैं मेरी परिचर्या इस घने जंगल में वे ही
जब आधी रात को
फूलती है वह कुमुदिनी
मेरी हताहत शिराओं में
और टूट जाती है नींद!
एक पक्षी चीखता है कहीं विरहदग्ध!
आसमान भी किसी आहत जटायु-सा
बस गिरा ही चाहता है
मेरे कन्धों पर,
और उमड़ता है हृदय में सन्नाटा
प्रलयमेघ-सा!
भन्ते, बताइए, कैसे समझे कोई, कौन सगा?
बुद्ध ने कहा—
'जिसकी उपस्थिति
चित्त की लौ को निष्कम्प करे,
वही सगा, अभिरूपा, सगा वही
जो तुमको मन्थर गति से सीधा चलना सिखाए,

बढ़ना सिखाए जो ऐसे जैसे कि युद्धभूमि में हाथी बढ़ता है
बौछार तीरों की
हर तरफ से झेलता!'

## अजन्ता की गुफाएँ

पीट रहा है पुष्यमित्र डुगडुगी—
''राजकोष खुल जाएँगे उनके लिए
जो भिक्षुओं के सर काट लाएँगे!
एक कटे सर का पुरस्कार
दस सहस्त्र स्वर्ण मुद्राएँ!
दौड़ रहे हैं बौद्ध भिक्खु!
सुदूर पश्चिम तक बचते-बचाते आए हैं!
शरण ले रहे हैं गुफाओं में!
ये अजन्ता की गुफाएँ हैं!
हाँफ रहे हैं भिक्खु! काट रहे हैं गुफाएँ!
इनकी दीवारों पर उग आएँगी धीरे-धीरे
वे सुन्दर आकृतियाँ
त्रास से उबरते अवचेतन की।
त्रास से उबरते अवचेतन में
सरहद नहीं होती!
बहती हैं सारी आकृतियाँ एक-दूसरे में!
दुनिया के सब रंग बहते हैं उनमें
और एक आकांक्षा बहती है
रंगों के पार चले जाने की!
जैसे कि सूरज की झक् सफेद किरणों में

सात रंग खेलते रहते हैं लुका-छिपी,
वैराग्य के मन में हँसती हैं छायाएँ
गम्भीरतम राग की!
ये अजन्ता की गुफाएँ हैं साक्षी!
बीत गई हैं सदियाँ।
पर्यटक पिकनिक-सी मना रहे हैं इन गुफाओं में!
एक बाल भिक्खु को
बैट-बॉल पकड़ाई है किसने?
अपने उस ध्यान-कैम्प में
जल्दी-जल्दी ध्यान निबटाकर,
वह खेलने आ गया है क्रिकेट
पर्यटक बच्चों के साथ!
मुस्काकर पूछ रहा है धीरे से—
'मारूँ छक्का?'
वो देखो, सूरज खुद क्रिकेट-बॉल-सा
दूर आकाश में उड़ा!
ध्यान की चरम यह अवस्था है,
होना सब घेरों के पार!

## गाथा कुछ अन्य थेरियों की

कुछ थेरियाँ हँस रही थीं अपना अतीत याद करके।
करती थीं धन्यवाद सारे
दुखों और अभियोगों का
कि वे ही उँगली पकड़कर
लिये आए
मुक्ति की

सहज राह तक!
मालविका बोली—
'कुत्ते की दुम टेढ़ी की टेढ़ी',
उसने कहा!
एक प्रश्नवाचक-सी उठी हुई
अपनी दुम जरा ध्यान से मैंने देखी
लेकिन मैं चिन्तित नहीं थी।
जानवरों के डॉक्टर ने ये मुझको बताया था,
'जब तक कुत्ता बिलकुल पागल नहीं होता,
उसकी दुम सीधी नहीं होती!
होता है खतरनाक सीधी दुम वाला कुत्ता ही!'
प्रश्नवाचक चिह्न-सी सुन्दर घुँघराली—
दुम मेरी सत्याग्रही थी!
सत्य का यही आग्रह
मुझे लाया था मठ तक!

## बोलीं सुमंगल माता

छतरियाँ बनाता था वो!
यह उसकी आजीविका थी!
मैं एक फटी हुई छतरी थी
अब उसकी खातिर!
वह मुझको बना रहा था!
ठोंक-पीट जारी थी मुझ पर!
मुझको चुप लेटा रहना चाहिए था!
पर एक दिन मेरा धीरज चुका
और तड़प कर मैं उठी!

इस पर उसने मुझको मुट्ठी में भींचा
और खींचा जोर से
मेरे अवलम्ब का लोहा!
लुंज-पुंज घिसटती गई मैं सड़क पर!
कुछ घंटे वैसे ही पड़ी रही
फिर ले गईं मुझको थेरियाँ उठाकर!
जीवन जगाया मेरा,
मुझको नहलाया-धुलाया,
गोदी में अपनी लिटाया
पुण्णा थेरी ने!
तिस्ता थेरी ने कहा—'हे स्थविरिके!
तू सुख की नींद सो,
कड़ाही में जले साग की तरह
राग तेरा शान्त हो!'
मुक्ता थेरी बोली—'हे मुक्ता,
तू मुक्त हो जा
राहु के ग्रहण से ज्यों चन्द्रमा!
देख, हम सब मुक्त हैं कैसे—
दुनिया की सब टेढ़ी चीजों से—
ओखल से, मूसल से,
स्वामी की बाँकी छड़ी से।'

## सुजाता थेरी

मेरे वाले ने कहा,
''रहना है नतमस्तक, साथ चलो,
और करने हैं कुतर्क जो इसी तरह

तो भाड़ में जाओ!''
''जाऊँ चूल्हे-भाड़ में, पर अकेली?
अकेला चना तो भाड़ नहीं फोड़ता,
हाँ, उड़कर आँख जरूर
फोड़ सकता है—
भड़भूँजे की!''
उसने सुना और फोड़ दिया मेरा माथा
कि सत्य सुनने की उसमें ताकत नहीं थी!

## तिलोत्तमा थेरी

'तुम्हारा सुधार नहीं,
व्यर्थ मैंने ऊर्जा ज़ाया की'
खासे सन्ताप से उसने कहा
और चला गया!
जब वह चला ही गया
राममोहन रॉय, ईश्वरचन्द्र, कार्वे,
राणाडे, ज्योतिबा फुले,
पण्डिता रमाबाई, सावित्री बाई—
मुझसे सब मिलने आए!
उन्होंने मेरा माथा सहलाया
और बोले धीरे से—
'इतिहास के सुधार आन्दोलन
स्त्री की दशा को निवेदित थे,
और सुधरना किसे था, यह कौन कहे!'

## चम्पा थेरी

''टेसुए बहा देती हो फट से,
धारकता ही पात्रता है!
फूटे हुए बरतन में कैसी धारकता?
अनबोलापन और घुटन,
भूख-प्यास,
गलतफहमियाँ और उपेक्षा—
ये दुख हैं तुम्हारे
सस्ते, दोटकिया!
असल दुख का स्वाद तुमने नहीं चखा।''
उसने कहा और चला गया।
सखियो, दुख का स्वाद उसने चखाया
या फिर चखाया मजा?
मैं तो केवल इतना कह पाई—
'तुम अपने कर्मों के चरवाहे,
लो, आज से मैंने तुमको
अपने सब कर्मों के साथ
अकेला छोड़ा!'

[ अंक - 2 ]

# ये मुजफ्फरपुर नगरी है, सखियो

## रॉन्ग नम्बर

नींद की गौरैया
खुट-खुट किए जा रही थी
आँखों की आँखों की आँखों के भीतर,
राह देखकर उड़ गई
चाँद तक!
दूर वहाँ चाँद पीठ फेरे खड़ा था
अपनी खिड़की पर!
मैंने बचपन से हिम्मत माँगी
और उसे फोन किया—
'चाँद, जरा बूझो, मैं कौन?'
कुछ देर वो रह गया मौन,
फिर बोला परम-खिन्न-सा-'रॉन्ग नम्बर'!
'मैं कौन हूँ' का
गजब उसने उत्तर दिया!
तो क्या मैं हूँ रॉन्ग नम्बर?
क्या होता है सारे रॉन्ग नम्बरों का?
क्या शहर की बस्ती के बाहर रहते हैं सारे?
खोंमचे लगाते हैं? आपस में कुछ-कुछ बतियाते हैं?
तबला बजाते हैं बूट पॉलिश वाले डब्बों पर?'
तो मैं यहाँ कर रही हूँ क्या?

घर मेरा वो ही है,
इसीलिए मेरा जी यहाँ नहीं लगता!
बेच सकती हूँ मलाई बरफ मैं भी—
खुरचन उन सपनों की
हरे-हरे केले के पत्तों पर!
सपनों का खोंमचा लिये
छान सकती हूँ मैं खाक इन मुहल्लों की,
किसिम-किसिम के दुख
जानती-पहचानती,
दोहराती पाठ की तरह!

## वापसी

उन्होंने कहा—"हैंड्स अप",
एक-एक अंग फोड़कर मेरा
उन्होंने तलाशी ली!
मेरी तलाशी में क्या मिला उन्हें?
थोड़े-से सपने मिले और चाँद मिला—
सिगरेट की पन्नी-भर,
माचिस-भर उम्मीद
एक अधूरी चिट्ठी जो वे डीकोड नहीं कर पाए क्योंकि वह 'सिन्धु घाटी सभ्यता' के समय मैंने लिखी थी—
एक अभेद्य लिपि में
अपनी धरती को—
'हलो, धरती, कहीं चलो धरती!
कोल्हू का बैल बने गोल-गोल घूमें हम कब तक?
आओ, अगिनबान-सा छूटें

ग्रहपथ से दूर!'
उन्होंने चिट्ठी मरोड़ी
और मुझे कोंच दिया कालकोठरी में!
अपनी कलम से लगातार
खोद रही हूँ तब से
कालकोठरी में सुरंग।
एक तरफ से तो खुद भी गई है वो पूरी,
ध्यान से जरा झुककर देखो—
दीख रही है कि नहीं दीखती
पतली रोशनी
और एक खुली-खिली घाटी!
वो कौन है?
कुहरे से घिरा?
क्या हबीब तनवीर—
बुंदेली लोकगीत छीलते-तराशते,
तरकश में डालते।
नीचे कुछ बह भी रहा है।
क्या कोई छुपा हुआ सोता है!
सोते का पानी
हाथ बढ़ाने को उठता है,
और ताजा खुदी इस सुरंग के उस पार से
दौड़ी आती है हवा!
कैसी खुशनुमा कनकनी है—
घास की हर नोंक पर!

## जच्चाघर की मोनकिया धाय उर्फ घोड़वावाली थेरिन : जन्नत के बाहर

‘‘मेरी अपनी गोद हरी नहीं हो पाई
पर मैंने कितनी ही जचगियाँ कराईं!
कब तक पड़ी रहती
मुँह के बल!
देह झाड़ उठ बैठी!
कितने तो काम पड़े थे सर पर!
बादल तहाए!
नदी बिछाई!
फटकी-चुनी राई!
रगड़-झगड़ काई छुड़ाई
क्षितिज की,
एक मटका रोशनी लाई।
उद्दाम-सी प्रसव-पीड़ा में
काट रही थी केल्हवा धरती
इधर से उधर,
तोस-भरोस दिया उसको,
और कराई उसकी सोइरी!
काट डाली फिर नहरनी से नाल!
गोद धरती की हरी की,
हरी-भरी गोद पर निहुँच डाले
खील और बताशे
तारों के, फूलों के!
मन-भर सोहर गाये, इतराई!
मैं हव्वा की जाई!
जन्नत से मुझको
निकाला गया जिस दम—

उस दम ही
एक नई दुनिया की तामील,
एक नई जन्नत बसाई!"

## बेखबरी : लम्बी बीमारी के बाद की तन्द्रा में अतिवादी की अम्मा

सुबह मैं नहीं पढ़ती अखबार,
रात को मुँह छुपा लेती हूँ उससे!
कहीं एक हत्यारा
मुझमें छुपा है जरूर,
कभी-कभी वह मेरे सपनों की कुंडी
खटकाता है,
बैठता है चुकू-मुकू पास आकर
और मच्छर हाँकता मुझसे
करता है रात-भर जिरह!
कुछ ठग भी मुझमें छुपे हैं
उन अधूरी कामनाओं के बाने में!
समाचार की सरहद
लाँघते-फलाँगते ।
मुझको कुठौर घेर लेते हैं वे
और माँगने लगते हैं चुंगी
अंगरेजी राज के
ठगों की तरह!
जानती हूँ मैं ही—
इनसे यों खेलती हुई
झकाझूमर,
पहुँची हूँ कैसे मैं

खबरों के बाहर,
बेखबरी के गाँव तक।

## हरिसभा चौक : जन्म का पड़ाव

काठ के लिल्ली घोड़े पर सवार
बहुरूपिया दोपहर जेठ की
कह रही थी—'कच्चे खाँव'।
लोरियाँ गाते-गाते खुद ही ऊँघ गईं
माताओं के पार्श्व से उठकर
झाँक रहे थे बाहर खिड़की से
कुछ बच्चे :
'घर डर है।
डर घर है।
'मैं हूँ कि हूँ ही नहीं?'
पूछ रही थी खुद से
डरी हुई बच्ची
खुद से ही लुका-छिपी खेलती हुई
एक बड़े, सूने-से घर में!
'पटने से चिट्ठी आई,
रस्ते में गिर गई,
किसी ने देखी है?'
'न...हीं।'
कुछ बच्चे खेल रहे थे
डर के पिछवाड़े!
इमली के पेड़ से उतरकर
एक बच्चा-भूत

साथ-साथ खेल रहा था उनके!!
कुछ लापता लड़के
देख रहे थे चुपचाप!
बचपन में भागे थे घर से!
घर से भागे थे
कि डर से भागे थे?
'घर डर है। डर घर है!
डर है कहाँ?
तेरा घर है कहाँ?'
'चीजों के जन्म की अनूठी कथाएँ
बतरस नदी के किनारे
कुटिया छवाके
रहती थीं जहाँ, मेरा घर है वहाँ!''

× × ×

'मेमने को जन्म देने की खातिर
लेती है जिस पत्थर की ओट
मेमने की माँ,
हो जाता है पारस पत्थर!'
कहता था सादिक गड़रिया!
रामदीन माझी कहता था
मोती के जन्म की कथा,
कहता था कि ओठ सीपी के
खुल जाते हैं प्यास के मारे,
तब जाकर झड़ती है आहिस्ता
मेघदूत-आँखों से
विरही पपीहे की टेर से मताई, एक बूँद अमृत की!
मैं तो न मोती, न मानक,
लोहा, न पारस,
बस एक स्त्री-पलातक!

मेरे जनमने का कोई
फलित कहीं होगा भी
तो मुझको नहीं पता!
जन्मी थी यहीं कहीं, शायद इसी कोठरी में,
माँ की करधनी है यहाँ
अलगनी से लटकी!
इस बड़े घर में घरौंदा था छोटा-सा।
इसमें रहती थी मेरी गुड़िया
शानोशौकत से।
अब इसमें रहते हैं छिपकलियाँ,
घोंघे और भुइले!
कोई बुलाता है
जन्मों के पार से—
"कैसी हो, गुड़िया?"
क्या जाने कितनी सदियों से
गोल-गोल उड़ रही है मेरे गुम्बद के भीतर
नन्ही-सी, बेचैन चिड़िया!

## ट्रंककॉल

रविवार को शाम सात बजे
पीजीविमेन्स हॉस्टल से
एक सौ आठ पकड़के
ईस्टर्न कोर्ट चली जाती थीं
हम गुच्छा-भर बिहारी लड़कियाँ
चिन्तित-महाचिन्तित माता-पिता को
ट्रंककॉल पर अपनी खैरियत बताने कि

बिल्कुल ठीक हैं, काम किए जा रही हैं,
इधर-उधर नहीं देखतीं, बिना पढ़े फेंक देती हैं प्रेमपत्र,
नहीं देखतीं नाटक-वाटक भी,
मंडी हाउस मंडी है कौन-से गल्ले की,
हम नहीं जानतीं।
पढ़-लिखकर आएँगी वापस
तो शादी कर लेंगी गर्दन झुकाकर
उनके ही ढूँढ़े हुए
दुनिया के सबसे भले आदमी से
जो हममें देखेगा सार
कायनात की स्त्रियों का
इस घाट — उस घाट कभी नहीं डोलेगी जिसकी हृदय-नौका।
रह-रह कर हाथ भी नहीं जोड़ना होगा जिससे—
''हमरा मार-उर मत कोई,
हम त खुट्टा चीरब लोई।''
यह किस्सा है सच बेरासी का!
अब सन् सैंतालीस का सुनिए एक वाकया!
ट्रंककॉल भी थे तब — न्योतरही कपड़ों के ट्रंक की तरह
पहुँच के बाहर और
पोस्टकार्ड के भरोसे ही
रहते थे परदेसी बेटियों के माई-बाप!
एक लड़की थी — माँ की सहेली—
शादी के पहले मनोयोग से उसने हिन्दी की वर्णमाला सीखी थी,
अब इसमें उसकी क्या गलती—
ह्रस्वीकार, दीर्घीकार आदि घनचक्कर
पल्ले नहीं पड़ते थे उसके!
'हम ठीक बानी' लिखना हो तो
'हम ठक बन' लिखती वो!
लेकिन उस 'हम ठक बन' वाले एक पोस्टकार्ड का रस्ता देखते
दस-दस दफा पोस्ट ऑफिस हो आते थे

उसके वे बेहाल माता-पिता
कि जल्लाद निकल गया था उसका दूल्हा,
दुनिया-भर की खुन्दक उस पर निकालता!
मरने के पहले सौ पोस्टकार्ड
अगले सौ — एक महीनों तक गिराए चले जाने के वास्ते
'हम ठक बन' लिख-लिखकर
थमा गई जिस डाकबाबू को वो,
वह भी नहीं जानता था कि माजरा क्या था!
काम-काज में रहती होगी, उसने सोचा,
हर महीने डाकघर आने की फुर्सत
औरत को नहीं मिले, सम्भव था!
उसके जाने के दसेक साल बाद तलक
आती रही उसकी चिट्ठी — 'हम ठक बन' दोहराती।
डाकिया बहुत प्यारा-सा आदमी था—
एकदम भरोसे के काबिल—
औरतों का अपना आदमी—
ज्योतिबा फुले, राणाडे, विद्यासागर का एक
परिवर्द्धित पॉकेट संस्करण!

इतिश्री रेवाखण्डे,
श्री सत्यनारायण कथा,
यदि सत्य नारायण है सचमुच!

## कचकारा

आज एक मनोचिकित्सक मित्र ने
प्लास्टिक मनोभावों की चर्चा की,

कहा कि अपराध-बोध, कुंठा वगैरह
प्लास्टिक मनोभाव हैं,
कोई भी इन भावों के साथ पैदा नहीं होता,
ये ठहरे हहरे हुए मन के अपने उत्पाद।
उनके घर से अपने घर की तरफ लौटते
एक अघट-सा घटा!
रस्ते में जितने भी लोग मिले
सबके चेहरे सील थे पॉलिथिन में!
भिंची पड़ी थीं नलियाँ
साँस की, आस की, उजास की!

प्लास्टिक की थैलियों में इसी तरह
थोड़ी-सी सीलबन्द मिट्टी के साथ
नर्सरी से लाते थे पापा नए-नए पौधे,
उनको तो मिल भी जाती थी नई मिट्टी
गमले में अच्छी-सी!
अब मिट्टी खुद प्लास्टिक है!
उखड़े हुए लोगों का
जाने क्या होगा!
अब ये कहाँ पकड़ेंगे
अपनी नई जड़ें ?
सोचती हूँ, खूब निकली यह प्लास्टिक।

क्या इसने अँगरेजों से सीखी
व्यापार की सारी बाजीगरी ?
बचपन में हम इसको
कितना निरीह जानते थे!
कच से कचक जाती थी,
इसलिए कहते थे इसको कचकारा!
सावन के मेले में रोलगोल्ड से चमचमाती

बड़ी-बड़ी डलियों में बिकने चली आतीं
कचकारे की चूड़ियाँ, गुड़ियाँ, हाथी-घोड़े पालकी।
साथ-साथ कुछ भारी असबाब ढोते हुए
चौदह से पन्द्रह बरस के कुछ लड़के भी आते।
बीच में काम छोड़कर वे भी साथ हमारे खेलना चाहते!
कभी-कभी मिलकर बैठाते हम
बालू के कैलाश पर्वत पर
कचकारे के शिवजी,
कचकारे की माता पार्वती!
रूई की बरफ बनती,
खूब हमारी उनसे छनती
कि हर बात पर वे ठहाके लगाते,
कल-कल, छल-छल बहती गंगाजी
उनकी हँसी की शकल लेकर
शिवजी के मस्तक पर,
पर सजावट पूरी करते हुए
चार घड़ी ही बीती होती कि
कोड़ा फटकारते हुए आते
मेले के कॉन्ट्रैक्टर
और खदेड़ लिए जाते उन्हें काम पर—
उनकी यह प्रलयंकर मुद्रा भी
लाल रँगी आँखों से
टुकुर-टुकुर ताकते रह जाते
कचकारे के शिवजी,
कचकारे की माता पार्वती!
तबसे अब तक
लगातार अगरधत्त हुई प्लास्टिक,
अब कोई इसको 'कचकारा' कहकर तो देखे!
बैठती है आलीशान दफ्तरों में!
जो इसको प्रतिबन्धित करती हैं,

वे फाइलें भी इसी की होती हैं।
ले-दे हिसाब बराबर कि गणित है पुराना,
"द किंग इज डेड, लॉन्ग लिव द किंग!"

## साइकिल

बाबा निहालसिंह, जालन्धरवाले सुनाते थे
विश्वयुद्ध के दौर में
ब्रिटिश फौज के किस्से!
वैसे भी बूढ़े सिख की सफेद दाढ़ी में
सातों समुन्दर की झाग भरी होती है,
पर उनकी झुर्रियों में भी था
दरक गई धरती का ठंडा परिताप!
किसी बात पर जो कभी
नहीं खोता आपा—
वह ठंडा परिताप
उन्हें एक अच्छा किस्सागो बनाता था।
अदृश्य तकली लिए हाथ में
कातते रहते बातों के लच्छे!
घर के पीछे उनकी गुमटी थी—
शीशे के बड़े बोइयामों में
नारंगी चाँद बेचते थे वो।
चाँद चुभलाते हुए हम निकल जाते
अपनी पहली साइकिल पर कहीं से कहीं!
जिस दिन मैं पहली दफा
साइकिल से गिरी,
फूटे हुए घुटनों पर

मेंगरिया के रस की पट्टी लगाई उन्होंने
और चार चाँद थमाकर मुट्ठी में बोले—
"आजादी की ओर बदहवास
दौड़ी चली जाती
पहली सवारी — यह साइकिल
एक मुबारक टप्पा है, कुड़िए,
टप्पे में टान टूटती है तो टूटे,
तू घबराना मत्ती!"

## भूमंडल

विद्यापति का गाँव है यह!
विरह-व्यथा में घुलकर
तन्वंगी हुई गोपियों की तरह अनमनी
विद्यापति की पंक्तियाँ
ही रहती हैं अब यहाँ
ढनमन मकानों में।
विद्यापति की पंक्तियाँ, वृद्ध और स्त्रियाँ
ये ही अब बचे हुए हैं गाँव में!
एक एस.टी.डी. बूथ की छाँव में
मुन्नी मोबाइल का सिम भी बिकता है,
उससे ही रीचार्ज होता है अब सारा गाँव।
"छः हफ्तों में अँगरेजी बोलें फट-फट-फटाफट"
विज्ञापन चिपका है उपलों के बीच कहीं
अपनी जगह निकालकर
सब दीवारों पर।
यह संस्थान चलाती हैं जो टीचर—

उनके बेटे ने कल फोन किया—
''अम्मा, मैं जी भरके खेला हूँ आज!
हॉन्गकॉन्ग के अनाथ बच्चों को
झूला झुलाने गया था!
यह मेरी कम्पनी का एक 'चैरिटी ईवेंट' था,
मानता हूँ अम्मा,
करुणा 'ईवेंट' नहीं हो सकती,
एक सिलसिला तो हो सकती है, है न?''
आगे वह कहने लगा, ''वे बच्चे सिर्फ मैंडरिन बोलते हैं
जो मुझको आती नहीं अब तक,
पर प्रेम में चुप्पी कब बनती है बाधा
अगर एक मुस्कान खिल जाए
दो प्राणों के बीच कहीं एकदम से!''
इस बात पर वे मुस्काईं
शायद यह सोचकर कि बच्चा बड़ा हो गया उनका!
कुछ देर के बाद ही अम्मा के वॉट्सऐप पर
उसने भेजीं कुछ तस्वीरें
हॉन्गकॉन्ग के अनाथ बच्चों की!
मुँह खोलकर हँस रहे थे वे
ब्रह्म की तोतली हँसी !

इस पर वे बोलीं मुझसे हँसकर—
''याद है, वसन्ता,
बासठ के आस-पास जन्मे हम—
क्या कभी ये सोच सकते थे—
एक रोज आएगा ऐसा भी
दीवाली पर चीन भेजेगा
रात-भर टिमटिमाने वाले
सुन्दर गणेश-लक्ष्मी?

हम उसको 'बैने' में अब बोलो, क्या भेजें?
कितने कुमारजीव अपने यहाँ के
बैठे हैं वहाँ हॉन्गकॉन्ग में—
कन्फ्यूशियस, तू फू
क्या कहते हैं उनसे?
मैंडरिन बोल रहे उन अनाथ बच्चों में
एक नए बुद्ध, एक नई जातक कथा के
आसार तो नहीं हैं?''
मैंने मिथिला पेंटिंग पर
मिथिला के प्राचीन तांत्रिकों का सिद्ध किया हुआ मंडल दिखाया—
''ये 'भू' भी मंडल है
एक पेंटिंग का, टीचर दिदिया!''

## गणिका गली

(एक वृद्धा सुमुखी के लिए जिनकी बेटी मेरे साथ पढ़ती थी)

सभ्यता से भी प्राचीन,
ये नदियों का तट थीं विस्तीर्ण—
चोर, नपुंसक, मूर्ख, संन्यासी, लम्पट, सामन्त—
इनके तट आते डूबती नौकाओं पर
और ये उन्हें उबार लेतीं।
अब इनके प्रेमी अधेड़, विस्थापित मजूर,
''इनसे तो पैसे भी नहीं माँगते बनता, ऐ हुजूर!
पर हमारी बच्चियाँ पढ़ रही हैं
विस्तृत क्षितिज पर ककहरे—''
उन्होंने उमगकर कहा और खाँसने लगीं!
लेटी हुई छत निहारती

अपभ्रंश का विरह-गीत दीखती हैं ये गणिकाएँ
पुराने शहर के लालटेन बाजार में
लालटेन तो नहीं जलती पर
ये जलती हैं
लालटेन वाली
धुँधली टिमक से!

× × ×

युद्ध से घायल हो घर लौटे घोड़ों का
दुख जानती हैं वे,
जानती हैं ये वे—लगता है कैसा
घुड़साल में उनको कहीं बाँधकर
अनमने कदमों से जब चल देता है कहीं घुड़सवार
और कभी वापस नहीं लौटता!
धीरे-धीरे भूल जाता है
पोर-पोर उनका—
क्या होता है खरहरा,
और नाल झप से गले मिलती है कैसे—
कटे-फटे खुर भूल जाते हैं!

× × ×

कोई यहाँ अब नहीं आता!
सिर्फ एक वैद्यराज आते हैं
और भटकटैया में अश्वगन्धा की
भावना मिलाकर
कुछ रसायन-सा पिलाते हैं!
गौरैया की नींद सोती हैं और
छपाक् जाग जाती हैं
रात के तीसरे पहर
बोलती हैं कुरलियाँ जो
अकुलाकर!

छाती पर हाथ धरे सोचती हैं कुछ-कुछ,
छाती पर हाथ धरे क्या सोचती हैं वे?

## जड़ी-बूटियाँ

(अपने उन आयुर्वेदाचार्य के लिए जिनका घर शास्त्रीजी के घर के पीछे था)

कविराज बुद्धभाव में बैठे रहते थे
दिन-दिन भर टूटी कुर्सी पर!
हम दोनों का एक अखबार साझा था
तो मिलना हो जाता सवेरे-सवेरे!

कविराज की खासियत यह थी—
अँधियारे में भी मरहम-पट्टी
कर लेते थे वे टटोलकर,
इस बारे में उनका कहना था—
"हर घाव का होता है अपना ही
ठंडा प्रकाश,
जैसे कि सन्तों के सिर
आभामंडल,
कालदेवता के सिर
नक्षतों की नागमणियाँ
अलग-अलग रंग में दमकती हैं
अलग-अलग लोगों पर!"
पिछले महीने वे
मारे गए
नक्सल दस्ते से पुलिस की भिड़न्त में!
बस्तर के जंगल से

वे औषधि लाते थे,
नक्सल भी सुनते थे
बड़े गौर से उनकी बातें!
उनके उस भोले विश्वास की
कदर थी उन्हें!
एक छोटा जंगल उनके घर के भी पीछे था!
टहलती हुई चली जाती
कभी-कभी जंगल तक मैं उनके पीछे
उस दिन उखाड़ी जो एक लता औषधि की,
जोड़ लिये हाथ और बोले—
"यह औषधि ठहरी देवों की पितामही,
इसके इशारे पर
मन्थर गति से बढ़े आते हैं
दुनिया के सारे उपचार
जैसे कि गोशाला से गायें!
बिक रहे हैं जंगल,
नदियों के तट बिक रहे हैं!
वे इनका मायका थीं!
वृद्धाओं का भी होता है वही छोह
अपने विच्छिन्न मायके से,
सो वे आहत हैं
अपना नया घर बसाते हुए
शहरी चौकों के पीछे!
हे माता औषधियों की—
इन ताजा उखड़ी औषधियों को तेजस-दो,
रस से भरो इनका तुम पोर-पोर
कि धरती के सारे घाव भरें,
रह जाए घाव का इजोर!"

# नायिका भेद : नवेलिका थेरी बोली लंगट सिंह कॉलेज के आचार्य से

"आचार्य, हम इनमें कोई नहीं—
कोई नहीं, कोई नहीं, कोई नहीं—
मुग्धा, प्रगल्भा, विदग्धा या सुरतिगर्विता,
परकीया भी नहीं, न स्वकीया ही!
मुग्धाएँ जब थीं हम—
देनी थीं हमको परीक्षाएँ
बोर्ड के सिवा भी कई,
संस्थानों में प्रवेश की परीक्षाएँ देते हुए
हमें फुर्सत ही नहीं मिली
आनन्दसम्मोहिता या रतिकोविदा होने की।
रात में जगीं भी हम तो मोटी पुस्तकों में सर खपाती हुईं,
चौराहे तक निकलीं भी जब अँधेरे में—
मुदिता या अभिसारिका भाव से तो नहीं,
घर के कपड़ों में बस निकल पड़ीं
चुइंगम लाने की खातिर कि नींद भगे!

× × ×

प्रारब्धयौवन हुईं जब हम
नौकरी के सौ झमेले थे सर पर!
शास्त्रीय स्वकीयाएँ तो तन-मन से करती थीं
बस अपने पतियों की, हम करती हैं तन-मन-धन से सेवा
परिजन-पुरजन की, ससुराल-नैहर की,
घर की और बाहर की भी! स्नेह तिरोहित तो नहीं हो गया,
सिर्फ फैल गया वह
दिगन्त तक—
पेड़-पौधे, जीव-जन्तु,

चर या अचर—
परिवार में ही
शामिल हैं सब!

× × ×

स्वाधीनपतिका नहीं, न ही प्रवस्यपतिका
आनन्दसम्मोहित भी नहीं, न ही कलहान्तरिता!
कलह कभी करने का भी जी हुआ तो किससे करतीं—
बाल-बुद्धि ही थे परमेश्वर हमारे,
लगे ही नहीं वे कभी भी बराबर के—
बौड़म परमेश्वरों को गोद में धारे
आज जिस बाजार में हम खड़ी हैं न, आचार्य जी,
उसमें पहेली नहीं, चुटकुला है हरेक आदमी,
तुमुल कोलाहल-कलह का ऐसा
घनघोर-सा सिलसिला है यहाँ,
कबीरजी की लुकाठी से
सुलग रहे हैं बॉनफायर!

× × ×

हाँ तो मैं यह कह रही थी—
कि कुट्टिनी, खंडिता वगैरह भी
हम तो नहीं हैं,
हमारा अलग से ही बनना होगा कोई प्रभेद :
फूट गए हैं घड़े
सिकहर पर टँगे नौ रसों के,
घाल-मेल सा हो गया है रसधारों का—
वीर में वात्सल्य बहता है,
शृंगार में बहती है कुछ भयावहता,
शान्त भी वीभत्स या रौद्र से जा मिला है!
हर क्षण हमारा है नौ रसों का कॉकटेल

और हम भी हैं शायद मिश्र-प्रजाति वाले
बाँस का टूसा!
सुना था कहीं,
चीन देश में होती है
बाँसों की ऐसी प्रजाति
जिसका टूसा पड़ा रहता है
पचपन बरस धरती के भीतर
और फिर जब एक दिन चमकती है कहीं बदली,
धरती की छाती दरक जाती है,
फोड़-फाड़कर सारी चट्टानें
झाँकता है वह तभी
धरती के बाहर!
शायद वही बाँस का टूसा
हों हम भी!

## चुड़ैल-गली

(अरुण चाचा वाली चाची के लिए जिनके चुड़ैल-पुराण का ओर-छोर ही नहीं था)

"क्योंकर हुआ करते हैं उल्टे पाँव चुड़ैलों के?
क्योंकर चुड़ैलें बन जाती हैं
जच्चा-घर में टन्न बोल गई औरतें?"
डरते-डरते मैंने नानी से पूछा था!
नानी थी फूलों की टोकरी!
जब भी हम घबराते—
उसमें ही ढूही लगाते,
ज्यादातर प्रश्नों के उत्तर थे उसी टोकरी में
लेकिन जिन प्रश्नों के उत्तर नहीं थे

यह प्रश्न उनमें ही होगा
क्योंकि उसने प्रश्न सुनते ही
नाक की नोंक से चश्मा उठाया,
अपनी कमर सीधी की
और सुतरी खींच ली
मुँह के बटुए की!

जिन्दगी ऐसी कटी,
मुझे रह-रहकर आती रही याद नानी
और कभी छट्ठी का दूध भी।
अनुत्तरित प्रश्नों की पोटली
तकिए के नीचे धरे
एक दिन मैं भी मरी,
और मरी भी कहाँ?
जच्चा घर में ही!
एक साथ ही मिल गए मुझको
मेरे उन प्रश्नों के उत्तर
जब उल्टे पाँव लौट आई मैं दुनिया में!
लौटना जरूरी था
और जरूरी था देखना—
मेरी वह दुधमुँही सलामत तो है न!
दीए पर ठीक से पड़ा है कि नहीं पड़ा
उसका कजरौटा!
हाँ, उल्टे हैं मेरे पाँव,
पर दुनिया में मुझको कोई भी औरत दिखा दो
जो उल्टे पाँव नहीं चलती,
व्यतीत में जिसके
गड़ा नहीं है कोई खूँटा!
भागती नहीं औरतें—
लौट आती हैं उल्टे पाँव,

अमराई के खाली झूले और पालने
लू के थपेड़ों से नहीं झूलते,
ये ही झुलाती हैं उनको!
हर बार ही लौट आती हैं ये
उल्टे पाँव!

## 'अन्ना केरिनिना' : चैपमैन बहुद्देशीय कन्या विद्यालय के पुस्तकालय में

अपनी तरफ रूठ जाने को
कहते हैं रूसना तो
बार-बार रूस जाती थीं
औरतें हमारी तरफ की!
जब कोई उनको
बिना बात टोकता,
जातीं वे रूस!
'जाओ वहाँ, न जाने कहाँ,
लाओ उसे, न जाने किसे!'
जार निकोलाई कहता था
दाँत पीसकर जब किसानों से
रूठी हुई औरतें सुनतीं,
मन ही मन कुछ ठानकर कहतीं—
'यही सही!'
एक बार तो मैं भी रूस गई!
चाँद मुझे देख रहा था,
मैंने उसी से कहा-'मुझे ले भागो!'
अच्छे प्रेमी की तरह

मेरे दस बच्चों के साथ मुझे ले भागा चाँद
मॉस्को!
अन्ना केरिनिना टहल रही थी
वोल्गा के किनारे
अपने बड़े गाउन में!
मैं उससे लिपट गई,
एक पूरी जिन्दगी
मैं घूमती ही रही
मॉस्को की गलियों में
उससे बतियाती!
फिर वक्त चलने का आया,
चलते समय मैंने देखा—
बन्द ही नहीं हो रहा मेरा सूटकेस!
लगातार तबसे तहा ही रही हूँ
कपड़े और स्मृतियाँ,
खोलती हूँ, फिर तहाती हूँ
अपनी इन आँखों में स्मृतियाँ,
कोंचती हूँ इनको सूटकेस में किसी तरह,
पर अब भी
बन्द नहीं होता यह सूटकेस
मेरे वजूद का,
समा नहीं पातीं अब इसमें मेरी आँखें :
देखते-ही-देखते मेरी आँखों का
बढ़ गया है आयतन,
सतमासे बच्चे की माँ हो गई हैं ये आँखें—
प्रफुल्ल, आश्चर्यविह्वल!
इन आँखों ने भी कुछ देखा है—
देखा है मॉस्को,
बैरागी आँखों में राग का उच्छिष्ट देखा है!
सूर्यास्त की आँखों में देखा है भोर का तारा—

आँसू की बड़ी बूँद-भर!
ये आँखें ब्रह्मांड हैं, अन्ना, अब—
तुम्हारे दम से!
तुम आई इन आँखों में
रात के तीसरे पहर,
नींद जब उल्टे ही पाँव
लौट जाती है चौखट से,
और झुक आता है अँधियारा
अन्तिम चुम्बन के लिए
अपनी धरती पर—
और-और-और भी करीब!
और लिपटकर सो जाते हैं
धूमिल उजाले
अभिशप्त-सी उन पटरियों पर
जहाँ रेल से कूदकर
जान तुमने दी
और जी उट्ठी उन सारी अन्नाओं में
दुनिया की—
छपरा, सीवान और बलिया तक के पुस्तकालयों से लेकर
पीपीएच अनुवादों में जिन्होंने
तुम्हारी कहानी पढ़ी!

## चल पुस्तकालय

'चल अकेला, चल अकेला' गाता-गाता
मारुति वैन पर
पुस्तकालय चला!

मेलाघुमनी औरतों की तरह
उत्साह में थीं किताबें
एक-दूसरे से कन्धा लड़ातीं,
कोहनियाँ मारतीं, हँसतीं-बतियातीं!
बद्रीनाथ-बस की वृद्धाएँ भी
इतनी खुश क्या होंगी,
जितनी कि ये पुस्तकें खुश थीं।
पर्दानशीनी की हद झेली थी इन्होंने,
उम्र-भर
असूर्यम्पश्या ही तो रही थीं!
लम्बी-लम्बी साँसें लेतीं
सूँघ रही थीं सारी धरती ये आज!
इनकी साँसों में
दूब उग आई थी—
नरम-नरम,
झीसी से भीगी हुई!
वेद यहाँ कुरआन के पड़ोस में निश्चिन्त सोए थे।
सट-सटकर बैठे थे तॉलस्तॉय-चेखव, रवीन्द्र और प्रेमचन्द,
यशपाल, स्वेताएवा और जैनेन्द्र।
जिनसे उमगकर मिलने वाले थे न वे,
घर के सब काम-काज निबटाकर
'चल-पुस्तकालय' चली आई
उन सब गृहणियों के जीवन का
पहला और अन्तिम रोमांस
वही थे!

# नारायण महतो का रिक्शा-रथ

नारायण महतो का रिक्शा-रथ कहाँ गया?
रिक्शा के मुख पर झपोल टाँग देते थे महतो
जब इस पर कनिया विदा होती-
पउती, सिन्होरे और झाँपी से लदी-फदी!
वह झपोल टाँगते हुए महतो कहते थे धीरे से—
'हर दुख के एक ओट चाहीं,
कनिया के दुख देखार काहे करीं!'
पर दुख तो दुख ही था—
कसमसा कर बह निकलता हर पर्दे के पार!
बैजनी डुलाती हुई कहती कनिया से लोकनी हवा--
'ए बबुनी, चुपे रहीं!
खेलेके बा ओका-बोका?'
दूर तलक गूँजती चली जाती
कनिया की हिचकी!
वो ही कनिया आज इतनी बड़ी हो गई
कि उसने मुझको लिखी
दूल्हे की नौकरी पर से यह चिट्ठी—
"ए दीदी, प्रेम-गली अति साँकरी,
    नहीं-नहीं मुझको मकान नहीं चाहिए
    ऐसी सँकरी गली में!
    मेरी गली हो चौड़ी-चकली नेह-गली
    जिसमें समाएँ सब
    इसरे-बिसरे आइली-बाइली!"

## मंडी की आचार-संहिता

‘शिकारी आएगा, जाल बिछाएगा,
दाना डालेगा, भूल से भी उसमें फँसना नहीं!’
ऋषि ने सिखाया था
जंगल के तोतों को
और तोते पूरे मन से
रटते हुए यह चेतावनी
फँस गए थे जाल में!
अब ये हुआ है कि गाता है महाजाल
सुन्दर चेतावनियाँ,
जैसे कि सिगरेट का डब्बा
नन्हे-नन्हे अक्षरों में समझाता है—
‘सिगरेट पीना स्वास्थ्य की खातिर ठीक नहीं।’
‘अहिंसा परमो धर्मः’ गाती है बिल्ली,
अस्सी चूहे खाकर
हज को चली।

## शहीद चौक का अशोक स्तम्भ

सहसा ही कालमेघ घिर आए!

सन्तोष था कुछ तो उनकी माताओं को
जो व्यापक हित के लिए खेत आए,
पर जो विस्फोटों में, दुर्घटनाओं में मिटे,
उनकी माँएँ क्या करें, कहाँ जाएँ!
बड़े पलंग पर अकेली लेटी
खुद को देती हैं वे थपकी,
गाती हैं जोई-सोई, कुछ भी—

‘एक चिड़िया के बच्चे चार,
घर से निकले पंख पसार,
पूरब से पश्चिम को आए,
उत्तर से दक्खिन को धाए,
घूम-घाम जब घर को आए,
माता को ये वचन सुनाए,
देख लिया हमने जग सारा,
अपना घर है सबसे प्यारा!’
...अच्छे थे, अच्छे थे
चिड़िया के बच्चे!
घूम-घामकर घर तो आते थे।
चुटुर-पुटुर कुछ तो बतियाते थे आपस में!
जबद गए हैं शब्द सारे यहाँ!
देखा उन शेरों को?
अशोक होगा महान मगर
उसके ये स्तम्भित शेर
जरा ज्यादा ही स्तम्भित हैं, बाबा!
मुँह फेरकर बैठे हैं
एक-दूसरे से!
एक चेहरा दूसरे से कुछ
बात ही नहीं करता!
रूठा हुआ है हर चेहरा
पड़ोसी चेहरे से!
क्या ये अहिंसा है?
कैसी अहिंसा है ये—
टुकुर-टुकुर देखती हुई सारे अन्याय?
होती है क्यों यह अहिंसा
इतनी निरुपाय?

× × ×

हरिराम दाण्डेकर,

बच्चा बाबू के रजवाड़े से
रेडियो स्टेशन जाते हुए
वहाँ रुके!
यह उनके प्रिय छात्र का घर था
जिसकी अनुपस्थिति बज रही थी
एक गम्भीर ध्रुपद-सी!
शोकसन्तप्त गुरु
विरहदग्ध माँ से
बस इतना कह पाए—
"एक स्वप्न ही है यह जीवन,
हम सोए हैं लेकिन
जाग रहा है वो धीरे-धीरे
एक विलम्बित राग-सा,
जाग रहा है जैसे
चित्त में प्रभाव जागता है
अहिंसा का—
धीमा, अनश्वर परिताप।"

## सभाभवन की दरी : महन्त दर्शनदास महिला महाविद्यालय, बेला रोड

बिछी हुई हूँ दर पर सदियों से मैं, धूल-धूसर!
कसमसाते बूट पहने हुए वक्त गुजर गया मुझ पर से,
थोड़े-से दरक गए धागे, फिर भी मैं कायम हूँ
-जस-की-तस!
जिसको भी कुर्सी नहीं मिलती,
मेरी ही गोदी में आ बैठता है :
हाँफता-काँपता हुआ, कछमछ!

नई-नई माँओं को
जब पढ़ने होते हैं
सेमिनार में पर्चे—
सभागार की इस दरी दादी के ही भरोसे
दरबानजी वाले कोने में
वे छोड़ जाती हैं बच्चे,
झुनझुने, दुधपिलाई और निहोरे—
"दरबारजी, भैया, इसे देखना,
अभी आती हूँ, बस दस मिनट!"
नन्ही-मुन्नी अचकचाई उबासी
समझदार चुप्पी के साथ
देखती है माँ को गर्दन घुमाकर
मंच पर जाते हुए।
ऐसे में चारों कोने मेरे मुड़ने लगते हैं
गोद की शकल में
नन्ही-सी जान के लिए।
रेशे हो जाते हैं मेरे/खरहे के कान-से खड़े
कि सुन तो लूँ-क्या कह रही है/वहाँ मंच से इसकी माँ!
रात-भर की होगी तैयारी पर्चे की उसने
बच्चा सुलाते-बहलाते!
अच्छा है, मैंने इतना देखा परिवर्तन—
बाल धूप में सफेद नहीं किए!

## जकथक : सेंट फ्रांसिस जेवियर्स का चौराहा

खड़गपुर, जबलपुर की रेलवे कॉलोनियों में
इनका जीवन गुजरा था ।

वृद्ध ऐंग्लो इंडियन टीचरों का यह दस्ता
जिस नए स्कूल की खातिर
लाया गया था,
दंगे में अचानक ही बन्द हो गया ।
बोरिया-बिस्तर उठाए खड़े थे वे अब
रस्ते पर!
धूल उड़ रही थी,
कहीं कोई रास्ता
नहीं सूझता था
जकथक में पड़े हुए थे सारे!

× × ×

क्या होगा 'जकथक' का अनुवाद, बड़ी बुआ—
नागर भाषा में?
तुमने तो संस्कृत पढ़ी थी,
हो तुम तो विद्याविनोदिनी,
तुम ही समझाओ—
'जकथक' का अनुवाद क्या हम करें-गतिरोध, स्थगन-विलम्बन
कि क्या?
शिष्ट भाषा में क्या इसके वजन का
कोई शब्द बन ही नहीं पाया?
आखिर क्यों, बड़ी बुआ!
खैर, मैं कह यह रही थी—
कि उस दिन सब-कुछ जकथक था।
व्यस्त थे नेटवर्क दुनिया के सारे मोबाइलों के
और स्थगित पड़े थे दुनिया के सब फैसले, सब विचार।
पस्त पड़े थे हाँ, तमाम हौसले!
लाल-लाल आँखें दिखाती थीं
जीवन के हर मोड़ पर
ट्रैफिक लाइटें!

भूल गई थीं साँस लेना हवाएँ
और बदलियाँ, इधर का रास्ता!
ऐसे ही जकथक में
एक चमत्कार-सा हुआ।
बिजली-सी तड़की
कहीं भाषा में और
खुल गए रास्ते।
संजीवक बैल ने कहा
लघुपतनक कौए से—
'जरा खुजला दो गर्दन, प्रिये!'
अनकही बात की तरह
उठा पंजों पर खरहा
और हलक में आकर बैठ गया!
एक कुएँ का मेढक, संकल्पित
उछला अपने अनन्त तक।
तितलियाँ तैर गईं सात आसमानों में
इधर से उधर
पंख दिपदिपाते रहे लाल-पीले-हरे,
कामनाकातर!
धन्यनाम सर पास्कल, आपने ठीक ही कहा!
कायनात जकथक बर्दाश्त नहीं करती
बहुत देर तक!
होगा, होगा, प्रशस्त होगा
पथ उनका भी,
जो स्तम्भित खड़े हैं—
दोनों तट से छूटकर!

## डर–अपडर ही धर्म का घर है : एक पुराना सहपाठी बोल पड़ा

गई रात लौटा हूँ घर! लौटा हूँ अजनबी
के साथ सोकर!
पी रखी है थोड़ी–सी!
दरवाजा खोलते हुए माँ को भभका लगा होगा,
लेकिन माँ हो गई है अब सयानी,
कुछ भी नहीं पूछती!
चैन की साँस भरती है कि लौटा तो,
हादसों के इस शहर में
कितनी बड़ी नेमत है लौट आना भी
हाथ–पाँवों से सलामत!
सुबह–सुबह घर से निकलता हूँ तो
बीजाक्षरों पर सवार
तैंतीस करोड़ देवताओं की पलटन
भेजती हैं माँ मेरे पीछे!
कभी–कभी जो रुकता हूँ ट्रैफिक लाइट पर,
सोचता हूँ हँसकर—
माँ के भेजे अंगरक्षक भी
क्या रुक गए होंगे साथ–साथ मेरे?
अच्छा है कि अन्तर्धान हैं
वरना क्या होता मेरा, अम्मा?
देवता तो देवता,
देवियाँ भी कवच–कुंडल की—
एक–एक रोम–कूप पर जो तैनात दिखाई देतीं,
चकपका जाते मेरे दुश्मन,
खुलकर कैसे खेलते?
पूरब में ऐन्द्री, अग्निकोण में अग्निशक्ति,

दक्षिण दिशा में वाराही,
नैर्ऋत्व में खड्गधारिणी,
मालाधारी ललाट पर और भवों पर
यशस्विनी,
यमघंटा नासिका पर...और बाकी भी
इसी तरह तैनात कर देती है अम्मा
रोज सुबह रोम-रोम पर मेरे!

कल-परसों हुआ है जो विस्फोट—
उसमें कितने उड़ गए,
उनकी माँओं ने नहीं भेजी होगी क्या
कोई देव-पलटन उनके पीछे?
डगर-डगर बम फट रहे हैं
घर-घर में गूँज रहे हैं रक्षा-स्तोत्र।
डर-अपडर ही धर्म का घर है
और उनका दुर्ग है,
मजबूर माँओं के काँपते कलेजे!
एक तरफ बम फोड़ता है धरम
और दूसरी ओर बाँधता है गंडे-ताबीज,
पढ़ता है वह रक्षा-स्तोत्र!
क्या धर्म जुड़वाँ हुआ था—
अपनी माँ के गर्भ से पैदा—
राम-श्याम, सीता और गीता,
जैकेल-हाइड :
एक भाई महानिरीह
और एक खूंखार-सा, हिटलरी?
चलो, खुल गई ट्रैफिक लाइट!
धर्म-चिन्तन, बाई-बाई!

# रस्सियाँ : आम गोला चौक

दो घंटे पहले मुझसे लगाई थी फाँसी किसी ने
और अभी मैं बाँधने बैठी हूँ
आटे की बोरी!
फुर्ती में रहती हूँ हरदम!
रस्सी जल गई मगर ऐंठ न गई—
ये मानते हैं जो—
वे जानते हैं हम रस्सियों को कम-कम!
छोटा-सा है मेरा बायोडेटा!
एक बार पढ़ तो लें
और कोई सेवा हो मेरी खातिर तो बता दें!
        जी, मैं भी कभी हुआ करती थी
        सूरज की एक झकाझक किरण,
        चलो, बुझ गई किसी कारण तो
        एक औरत ने दिगन्तों के बीच मुझे टाँगा
        किसी अलगनी की तरह!
रंग-बिरंगे दुपट्टे सूखने लगे मुझ पर,
बैठने लगे नीलकंठ और तोते
दूर देश से आकर!
        आँधी में टूट गिरी तो एक छोटी-सी लड़की
        दौड़ती हुई आई और मुट्ठियों में लपेट मुझे
        रस्सियाँ फलाँगने लगी!
दुनिया के सब नदी-नाले फलाँगे,
फिर आम की डाल पर झूले डाले,
एक पींग में आसमान, दूसरे में धरती!
तबसे ही बढ़ती हुई फुर्ती में
        हर दो कदम पर मैं लेती हूँ थाम
        एक नया काम!
        तीन बरस पहले मैं खींचा करती थी

कुएँ के जगत् पर भरी बाल्टी!
पुट्ठे दुख जाते, पर उससे क्या!
रेहट से खींच ले गया मुझको चरवाहा!
खुरदुरी पशुजिह्वा मुझ पर छहरती जब,
एक अजब एहसास से मैं सिहरती!
एक दिन ध्यान गया मेरा—
मैं कुतर दी गई हूँ!
एक बार को तो उसाँस भरी, फिर सोचा—
'चलो, एक से दो भले'
फिर चटाक्–टूट गई दो हिस्सों में कुछ बिना सोचे!
बहुत सींटकर मेरे दो टुकड़े बाँधे किसी ने,
और फिर कई–कई महीने हम खटते रहे
साथ–साथ, इधर–उधर, डेली वेजेज पर!
हाँ, एक गाँठ उभर आई थी इस कोख में तब तक
–वह पिराती भी कभी लेकिन उससे क्या?
धीरे–धीरे, काम की धुन में
एक–दूसरे को हम भूल ही गए।
एक्सपोर्ट ऑफिस के सामने
खींचकर तोड़ा और फेंका गया जब हमें
दो दिशाओं में
एकदम से याद आया,
बँधे हुए थे हम तो आपस में!
इस पर ही गर्दन घुमाकर जरा
एक–दूसरे को हमने देखा—
घहर–महर लपटों के बीच!
रस्सी जल गई मगर ऐंठ न गई,
कैसे जाती—
आड़ा–तिरछा उड़ रहा था नसों में
धूँ–धूँ धधकता अगिनपाखी!

# टूटी हुई छतरी

कलमबाग रोड के पुश्तैनी घर में छज्जे पर पड़ी
यह मेरे बाबा की छतरी मुझसे बोली—
''अँगरेजों की नौकरी थूक दी थी उन्होंने
और मुझे टेकते हुए घर जो आए थे
बाबा तुम्हारे, तबसे ही
आधी खुली हूँ मैं—
कुलबुला रहे हैं कृमि-पतंग
मेरी छाया में,
छत तो हूँ
        लेकिन कुछ ढही हुई!
बहुत तेज बारिश जब
        तान देती थी चँदोवा,
छुप जाते थे प्रेमी खँडहरों में-खोहों में!
वैसे ही छुपे हुए बैठे हैं मुझमें
        एहसास
बीती हुई बारिशों के।
बूँदें जो सूखती हुई
चुम्मी-सी छोड़ गई थीं
धूल के कपोलों पर,
काँपती हैं झिर-झिर
        मेरे इन पोरों में अब भी
        जब-जब चलती है हवा
        बेचैन, बड़े-बड़े डग भरती!
काँपती है झिर-झिर मेरी त्वचा भी—
        काली, मटमैली—
        आधी तो लगी हुई पंजर से,
        आधी यों झूलती हवा में
        जैसे कि पपड़ी हो

किसी घाव की!
चलो, अच्छा है, सूख रहे हैं मेरे घाव,
थोड़ी तिरछी होकर पड़ती है
मुझ पर ही
मेरी यह छाँव!
मेरे इन छिद्रों से
आती है धूप वहाँ कोने में अब भी
मेरा हाल लेने,
एक चटाई-सी बिछाती है
और टिफिन में भरकर लाए
'चटपट बनाओ' शृंखला के
लटपट पकवान भी खिलाती है!
जितना पच जाए-वही अपना है,
जितना रच पाए-वही सपना है!
इस स्वप्न-सन्ध्या में
एक झुटपुटा है,
यह झुटपुटा ही अब मेरा खुदा है!"
मैंने कहा—
"छतरी, क्या फिर तनोगी,
बाबा की बेघर, बंजारा पोती की
क्या बन सकोगी
चलती-फिरती-सी
छत + री?"

## सार्वजनिक हत्या : भगवान बाजार

मंजूषा थेरी ने मुझको समझाया—
"हत्या कभी भी अचानक नहीं होती!
घृणा एक अवसाद है,

फीरोजी होंठों की बुदबुद
जम जाती है ताँबे पर,
रोज सुबह यदि आप
माँजें नहीं ठीक से अपने ताँबे की लुटिया
और उस लुटिया में हफ्तों तक पड़ा रहे पानी-अछूता!
बह जाना या बह निकलना
कई बार वश में नहीं होता है आपके—
यदि आप बरतन में गिरफ्तार हो ही गए!
गिरफ्तार माने गिरफ्तार!
अब तो कोई और आए,
थोड़ा-सा आपको झुकाए,
थोड़ा-सा पी जाए, थोड़ा बहाए
आपको
आपकी ही सरहद के बाहर
तो बात बने!
हत्यारा गिरफ्तार पानी था :
फीरोजी बुदबुद से लहालोट,
एक मारक बास थी उसके होने में
जिससे कि उजबुजाकर मर गया होता
वैसे भी भला आदमी।
एक अनाम ईर्ष्या की कटार
उसका भेद गई कैसे कलेजा-यह कौन कहे!
बीच सड़क लेटा है—
प्राण नहीं हैं, लेकिन छूट रहा है पसीना!
बिखर गई है उसके थैले की सब्जी,
सोमवार बाजार से ली थीं बीवी की चूड़ियाँ—
मुँह खोले छितरा गई हैं वे भी, और 'प्रतियोगिता दर्पण'
बच्चे की खातिर लिया था जो, फड़फड़ा रहा है—
फड़फड़ा रही है कहीं रूह इस मारा-मारी में—
जिन्दगी बीत गई जीने की तैयारी में!''

# बूढ़े गृहस्थ और मशीनें

यह दो बुजुर्गों की टकदुम गृहस्थी है ।
बैठ गई हैं सब मशीनें यहाँ—
टेलीफोन, कम्प्यूटर, मिक्सी या आरो से जूझते हुए
ये सैनिक भाव में खड़े रहते हैं हरदम!
''ठीक ही कहते थे गाँधी जी, 'दैत्य हैं मशीनें'—''
एक दिन अचानक वो बड़े मियाँ बोले
और बड़ी बी मुस्काईं—
''वो दृश्य याद है मुझे,
मोटर पर चढ़कर गाँधी बाबा आए
लाउडस्पीकर ने फैलाई दूर-दूर तक
उनकी कपास-सी मुलायम आवाज अच्छी तरह धुनकर
और देखती भी रही घूमकर—
'ऐसा क्या किया हम मशीनों ने
जो बाबा इतने नाराज!' ''

× × ×

घर का बुजुर्ग लैंडलाइन भी परेशान है
सार्वजनिक बक्से से टूट गया है निजी कनेक्शन उसका जबसे,
लगातार आते हैं उससे
'इन्गेज्ड' होने के गलत-सलत सिग्नल!
'मोबाइल' इस दुनिया में
एक यही बैठा है कीलित अपनी जगह पर—
क्षमाप्रार्थी अपने होने पर
एक सफेद 'क्रोशिया' से मुँह ढाँपे हुए!

× × ×

पूरा मुहल्ला जुट जाता है
जब चलती है इनकी काली फिएट!

चलती है समवेत धक्के से
पहले तो गुड़कती हुई
फिर जोश चढ़ जाता है तो
वह दौड़ जाती है ऐसे
कि पलटकर देखने का भी
मौका नहीं पाती!

मुँह खोले देखते रहते हैं सब धक्कामार!
ये धन्यवाद की अपेक्षा नहीं करते,
साझा है यह मोटरकार!
मुहल्ले में सब स्त्रियों की डिलिवरी,
सबके पिताओं की हारी-बीमारी
सेकेंड हैंड फिएट ने निभाई!
है बहुत सगुनिया, ये बिकेगी नहीं, पगड़ी पहनकर तैनात रहेगी हरदम
लापता-से मकान में लामकाँ वक्त के लिए!

× × ×

शादी की सालगिरह के रोज बोले सर
अपनी मैडम से—
"अपनी पुरातन गृहस्थी के दम पर कहता हूँ—
आती हैं घर में सेकेंड हैंड चीजें भी
एक लजाई दुल्हन की नाईं।
इनके आने के कुछ पहले आती हैं
आपके थके हुए मन में
अस्तेय, निग्रह, सन्तोष से जुड़ी कुछ कहावतें,
फिर ये आती हैं धीरे से!
वे कहीं से गुजरकर आती हैं
बीत चुकी होती है उन पर कुछ पहले भी,
पर उसकी दास्तान लेकर वे
कभी भी नहीं बैठतीं!
उनकी सुन्दरता का है रहस्य ये ही,

ये ही है उनकी मिष्टी-मिष्टी-सी मिस्टीक!
इस पर ही न्योछावर
कहता है उनसे समय—
"आमी तोमा के भालोबाशी!"

## अनुत्तरित प्रेम : रिक्शे पर गुल्ली से फेंका गया पहला प्रेमपत्र

एक चिट्ठी
जो सदियों तक
दबी रह गई!
पढ़ी न गई,
आज उसका लिफाफा खुला! भाषिक भूलों से खदबद,
कुछ शब्द काँपे,
कुछ भुरभुरे अक्षर
घुटने पकड़कर उठे!
चारों तरफ शून्य था
और सफेदी थी
एक गहरे धुन्ध की!
दूर एक तारा
दमकता था :
ईश्वर की बीड़ी की नोंक-सा!
क्या सृष्टि भी एक
प्रेमपत्र की तरह
रिक्शे पर गुल्ली से
फेंकी गई थी?

# चौक चक्कर की वो फुर्सत बुआ

फूफाजी खाँसते हुए बोले—
''फुर्सत नहीं है, कहीं भी नहीं,
टायर की टूटी चप्पलें घसीटती
चली गई फुर्सत
बस्ती के बाहर!
जाती-जाती वह गिलहरी से बोली—
'रहना नहीं, देस बिराना है!'
मेरा कलेजा मुँह को आ गया!
इतनी बड़ी धरती पर
एक यही फुर्सत बुआ थीं
जो किसी के दुख में दौड़ी चली आती थीं
और बैठ जाती थीं सटकर!
वृद्ध जटायु से पूछा—
'किधर गई?
''पथरा गई हैं मेरी आँखें''
उन्होंने कहा!
कहते हुए यह उन्होंने
वृद्धतर समय की तरफ देखा
और दोनों वृद्ध भाई
अपने उन शरबद्ध डैनों से
गिरते हुए रोओं का उड़ना
देखते रहे!
सात मेखलाओं के पार से
बुद्ध मुस्कुराए!

# उमा 'दी : मेरी सिलाई शिक्षिका

शान्तिनिकेतन में ये
रविबाबू की शिष्या थीं—
एक बड़ा परिवार ढोते हुए
रिश्तों पर पैचवर्क साधा इन्होंने,
जो भी बातें इनको चुभती थीं,
ये उनकी सुई बना लेती थीं
और काढ़ देती थीं
बलुआही धरती पर
लाल–हरे बेल–बूटे!
चुभी हुई बातों की सुई से ही इन्होंने
टाँके थे नक्षत्र, चन्दा, सितारे!
बीत चुके रिश्तों का वैभव
उनके कन्धों पर है आज
सूर्यास्त की आभा–सा!
डूब रहा है सूरज उनके ही कन्धों की ओट लिये!
बाएँ कन्धे पर गिरा उनका जूड़ा
एक उजड़ा घोंसला है
जिसके तिनके हिल रहे हैं
आषाढ़ की इस हवा में!
आषाढ़ का पहला दिन है यह!
मेघदूत कहीं से चला है!
बच्चों की टूटी मोबाइल
अब उनकी है!
चमक रहे हैं उनमें
सन्देसे
आगत–विगत के!

## द्वारछेंकाई : पुराना कोहबर

यह देह दस द्वारों का पींजरा
तो हर द्वार पर देह की
द्वारछिकाई में तैनात
घर की लड़कियों की तरह
छाई हैं झिल्लियाँ-पपड़ियाँ-अनुगूँजें!
माँग रही हैं सौगातें—
फुर्सत के दिन, फुर्सत की रातें!
अन्दर नहीं जाने देंगी
ये आस्वाद कोई भी
जब तक कि इनको
मनचाही नेग नहीं मिलती!
थोड़ी-सी नेग इन्हें दे दूँ क्या?
जीवन के आस्वादों से कैसा झगड़ा?
निर्वाण की कामना भी
तो है कामना ही!

## प्रोफेसर पद्मप्रिया थेरी, एम.एल.सी.

उर्दू कविता की भाषा में कहूँ तो
दुश्मन मेरे जानेमन ठहरे—
आईना दिखलाते हैं मुझको,
फैला काजल ठीक करते हुए!
उम्र-भर की हैं कमाई ये—
कोई इन्हें चुरा नहीं सकता,
पटा नहीं सकता इन्हें!

सन्तोष धन और विद्याधन की तरह
सदा के लिए अपने—
रहते हैं बिनु काज ही दाएँ-बाएँ,
रह-रहकर रिफ्रेशर कोर्स किया करते हैं
ये दुश्मनी का,
मुझसे भी ज्यादा मुझे जानते हैं ये,
इसीलिए दुश्मन ही सबसे सगे!
संस्कृत कविता की भाषा में कहूँ तो
और किसी से हो या फिर नहीं हो,
मुझसे तो है इनका
प्रत्यभिज्ञा वाला नाता!
देखते ही मुझको बाँह फड़क जाती है इनकी,
और दिल में होने लगती है
दुष्यन्त वाली वही धुकधुकी!
दुष्यन्त ये ही हैं, दुर्वासा ये ही,
मैं ही इन्हें भूल जाती हूँ अक्सर,
ये मुझको नहीं भूलते!

## शिखा सक्सेना, प्रथम वर्ष, एम.आई.टी. : वितृष्णा के शरबत की रेसिपी

टभक रहे थे उसके माथे पर
चोट के निशान।
रुँधे हुए स्वर में पूछा उसने,
“ ‘बर्दाश्त’ की सरहद क्या होती है आखिर!
सुनती हूँ,

न्याय से बड़ी है क्षमा,
प्रतिहिंसा विष है
और वितृष्णा
नीबू या इमली!
स्वाद मुँह का बदल देती है,
पर उसको कच्चा नहीं चूसते देर तक,
उसका भी शरबत बनता है
तो पचता है!
वितृष्णा का शरबत कैसे बनता है?
कितनी चीनी पड़ती है तो विष कटता है?"
जब भी कोई नई लड़की
पूछती है मुझसे ऐसा कुछ,
त्रिजटा की मन:स्थिति में अदबदाकर
कह देती हूँ जो-सो!
जल मरने को आग माँगी थी जब
सीता ने त्रिजटा से—
बहलाने के उपक्रम में
कुछ-कुछ कहती हुई,
चल दी थी त्रिजटा वहाँ से—
'निसि न अनल मिलि सुनु सुकुमारी,
अस कहि सो निज भवन सिधारी!'
भवन बहुत काम की चीज होते थे द्वापर में—
कोप-भवन से ही कहानी शुरू होती,
त्रिजटा के घर होती
वाल्मीकि आश्रम तक चली जाती—
चाहिए सबको ही जाने की एक जगह,
करने को कोई एक काम!
इतना तो जान गई हूँ लेकिन
कैसे मैं शरबत बनाना सिखाऊँ वितृष्णा का!
साफ-साफ बता नहीं सकती—

कितनी चीनी डालने पर विष कटता है,
क्या जाने क्या होने पर कोहरा फटता है।

## चोर

चुपड़े हुए हाथ थे उसके—
फिसल गए—
उम्र की तरह!
गठरी में
बाँध लिया
उसने संसार!
दुबक गया
दिल में कहीं
छुपकर!
फाँक गया काल-चबेना बैठा-बैठा।
क्या वह
इतना बेघर था?
इतना भूखा?

## भेड़िया

(एक परदेसी पिया की पत्नी की ओर से जिसने कि कहते हैं,
उनकी अनुपस्थिति में भेड़िया पाला)

"प्रियवर,
मैंने तो बहुत ग्रन्थ नहीं पढ़े थे!

पतली-सी एक बालपोथी पढ़ी थी बस!
कभी-कभी बच्चे ही दे देते बोध-कथा
कि माँ का जी लगा रहे!
याद है, वह छोटा-सा लड़का बोध-कथा का—
भेड़ें चराता-चराता जो पर्वत की चोटी तक जाता!
साँय-साँय बहता अकेलापन, डर जाता जब अकेलेपन से
तो उठा लेता आसमान सर पे
और चीख पड़ता वह एकदम से—
'भेड़िया, बचाओ-भेड़िया!'
घाटी से लोग दौड़ आते!
(अच्छे थे लोग कि दौड़े चले आते
यों ही किसी पुकार पर)
अच्छे तो थे लेकिन थे कामकाजी
उन्हें लगा कि बच्चा झूठ बोलता है
तो आया जब सचमुच भेड़िया,
मटिया गए वे!
और चीर-फाड़ बच्चे को खा ही गया भेड़िया!
मैं पूछती हूँ, जरा गौर से देखो—
क्या सचमुच झूठ बोलता था वह बच्चा?
क्या औरतें और बच्चे आवेग में भय के, जो बोलते हैं, वह होता है झूठ?
दुनिया का पहला कथावाचक ये ही तो थे—
रूपकों में अपनी बात करने वाले!
पर्वत चोटी का घनघोर-सा अकेलापन
उस नन्ही-सी जान की खातिर
किसी भेड़िए से कम होगा क्या?
देखो तो बोध-कथा से मेरे जीवन का अन्तर, बच्चा तो चला गया,
पर मैं सलामत हूँ, ऊसर इस निस्तब्धता में भी,
पाल लिया है मैंने अपना अकेलापन,
पाल लिया है मैंने भेड़िया!''

## एक पुराना सहपाठी : भोला भंडारी

फूहड़ और बीहड़ का तुक मिलता है लेकिन
बीहड़ नहीं होते फूहड़,
हड़का दिया जाता है जिस सहजता से फूहड़ को,
बीहड़ को हड़काकर देखे तो कोई।
बीहड़ के हिस्से की भी फूहड़ सहता है
फुफकार, धिक्कार,
अपने हिस्से की तो कहना क्या!
एक ही घुड़की में
गिर जाती है हाथ से प्याली
और बैठ जाता है धम्म से वहीं
जहाँ स्याही थी।
क्या-क्या पोंछे एक पोंछे से—
आँसू, पसीने की बूँदें कि
चाय और स्याही?
कहती है दाई, बहुत विकट नक्षत्रों में उसकी
सोइरी[1] हुई थी—
हरदम वह कुछ खोजता ही रहता है,
खोया-खोया रहता है उसका तन-मन-धन!
उसका नाड़ा हरदम पाजामे से बाहर,
क्या जाने कितनी जल्दी रहती है उसको—
हबड़-दबड़ करता है काम
कि मुस्काकर देखेंगे लोग, शाबाशी मिलेगी।
शाबाशी जरा दूर रहती है घर से,
प्रतिवेशिनी उसकी घुड़की!
अच्छी सजती है ये जोड़ी उसकी और घुड़की की।
सोचता है कभी-कभी, उसका चरित्र निखारेगी ये घुड़की ही,
फिर आएगा ऐसा भी एक दिन—

1. प्रसव

वह टिमक लेगा नक्षत्र बनकर
टेस लाल-लाल क्षितिज पर
दिलों के!
इतनी शक्ति उसे देंगे दाता कि
धरती से उठ जाएगा पाँच फीट
किसी के घुड़कते ही!
सोच-सोचकर ही खुश हो जाता है कि कितना डर जाएगा इससे
हर घुड़कने वाला, जोड़ेगा हाथ
और माँगेगा माफी तो दे दूँगा!
देने में क्या है,
कुछ भी दे दूँगा—
माँगकर देखे तो कोई!
बीहड़ और फूहड़ का तुक मिलता है लेकिन
बीहड़ नहीं होते फूहड़!

## ध्यान शिविर : अघोरिया बाजार

कहते हैं, जब यह इलाका जंगल था,
धूनी रमाए यहाँ बैठता था अघोरी
जहाँ बीच बाजार आज ध्यान शिविर लगा है,
कहते हैं योगी जी-

''दो भँवों के बीच में, कल्पना कीजिए,
जल रहा है एक दीपक!
नहीं-नहीं, ऐसे नहीं-भँवें सीधी।
धीरे-धीरे साँस छोड़िए
और सोचिए—

लगता है कैसा
होना सतहत्तरवाँ,
सरकारी अस्पताल की मरीज सूची पर,
खाना और खाए चले जाना
धक्के और स्वादिष्ट गालियाँ भाग्यविधाताओं की।
बावजूद सारे चकल्लस के बारी नहीं आए और बन्द हो जाए ओ.पी.डी.
तो लौट आना घर चप्पलें घसीटते हुए,
बतियाना घिसटती हुई चप्पलों से सरेराह
अगड़म-अगड़म, कुछ भी, जो-सो!
बच्चों का बहलाना फिर मकान मालिक को—
'माफ करें अंकल,, माँ आज घर पर नहीं है।
वो गई है नौकरी ढूँढ़ने मंगल पर,
लौटेगी क्या जाने कब'
बकरे की माँ अपने बच्चों को
समझाती थी कुछ-कुछ जैसे—
समझाना अपने बच्चों को
लगता है कैसा-नोट करें।
नोट करें, लगता है कैसा
होना सेकेंड क्लास, होना महा थर्डक्लास,
खुद मलना टूटी हुई पीठ पर हल्दी-चूना!
मलते-मलते याद करके हँस देना वो—
बचपन में सुना हुआ रेडियो विज्ञापन—
'आयोडेक्स मलिए, काम पर चलिए',
पर काम हो भी कोई हाथ में!
मीलों भटकना निरुद्देश्य
अपने से भागते हुए! याद कीजिए!
जो भी मन में बहता है, बहने दीजिए!
चिन्ता नहीं कीजिए, देखिए—
कैसे जहद्दम में फँसे रहे
जीवन भर आप,

इस जहद्दम से उबरना है तो
साक्षी भाव से देखिए सब जहद्दम,
सामने से कल-कल, छल-छल
सब बह जाने दीजिए!
ऐसे ही किसी एक क्षण
बड़े चुपके से
होगा प्रकट आत्मज्ञान!
सार्वजनिक सुविधा, नुस्खे आसान!
गांधी जयन्ती तक फर्स्ट-कम-फर्स्ट सर्व्ड—
25 प्रतिशत डिस्काउंट,
कंडिशंस अप्लाई!''

## मुझसे भारी मेरा बस्ता : दाता राजेन्द्रशाह के मजार पर उनका नन्हा नवासा

शब्दकोश-टिफिन बॉक्स
और बालपोथी, एक बालपोथी में क्या-क्या—
अदरख, खरहा, गिलास, घड़ा, अकेला ङ
चाबी, छतरी, जहाज, झण्डा,
नक्कूजी ञ,
ताला, थरमस, दिलरुबा बाजा, धोबी और नलका,
पानी, फल, बर्फ और भालू और माला,
यज्ञ और रस्सी, लट्टू, वन, शलगम,
षटकोण, सर्प और हँसिया विकराला!
छोटा-सा बच्चा,
बस्ते में उसके
बन्द मगर कछमछ यह

ब्रह्मांड सारा!
दाता थे बाबा,
इस एहसास से भरा हुआ,
वह कभी हाथ नहीं फैलाता,
उसको मचलना नहीं आता,
शान से खाता है
जो भी मिल जाता है
और किताबों में खोया-सा
चलता है जैसे सम्राट!

## वृद्ध दम्पती का प्रेमालाप : मिठनपुरा, मुजफ्फरपुर

'हारे-थके आए, खिड़की से कुर्सी सटाई और बैठ गए,
खोल लिया कुरते का एक बटन,
पोंछ लिया कुरते की बाँह से पसीना!
यदि होता यह रीतिकाल, मैंने सोचा,
काम-काज की कोई चिन्ता नहीं होती,
दिन-भर तुम घर में ही रहते,
पचपन तरह के उपमान छाँटते,
मुझको भी लगता कि मैं कुछ हूँ,
कुछ तो मुगालतें जरूरी हैं जीवन में!
बतरस-नदी और छन्द-वन्द, फूल-वूल
चिड़िया, तितली, चाँद, हिरण-विरण,
धरती की पूरी हरीतिमा
उपमानों से भी गायब हो गई तो बचेगा क्या?
तुमने मेरी सोच सुन ली
और हल्का मुस्कुराए

चूँकि मैं कंघी किए जा रही थी,
तुमने मजाक में कहा—
"रूपसि, तेरा घन केशपाश... !"
मैं भी हँसी और बोली—
"अच्छा तो इतने दिनों में सुध आई,
कुछ बात भी बनायी तो कब
अब जबकि कंघी लगाते ही
इन बादलों में
चम से चमक जाती है सफेद बिजली
नई बहुरिया की फुर्ती से!"
"चाँदी का तार ये मुबारक है", तुम बोले,
"ये ही देंगे तुमको
एकदम नए वजूद में प्रवेश का वीसा—
आकाश खुला-खुला होगा वहाँ,
धूप बहुत नम होगी
और प्रसन्न बहेंगी हवाएँ।
कनखियों से देखेंगे हमको
खट्‌मिट्‌ठे बब्बूगोशे—
एक ही टहनी पर सटे हुए,
एक साथ पकने की गन्ध में नहाए,
तरह-तरह से झेलते
वक्त और बारिश और हवा के थपेड़े!
'कुमारसम्भव' का उजला कबूतर
सिर पर मँडराएगा अपने,
लाल-लाल आँखें नचाता
उड़ेगा इधर से उधर।"
"अच्छा, अब बस भी करो,
तुम तो मत इतना उड़ो,
मुझको चौके तक जाने दो,
तीन बार खौला,

खौल-खौल सूख चुका पानी,
क्या कहेगी केतली रानी—
कितने गपोड़ी हैं ये दोनों प्राणी!''

## प्रसूति-गृह में पिता : एक पुराने छात्र के लिए जो अब नया पिता है

डॉक्टर ने कहा—
''वक्त बदल गया, आप लेबर-रूम में जाएँ,
पितृत्व भी बड़ा अनुभव है जीवन का,
साक्षी बनें जन्म का!''
थोड़ा लजाता हुआ मैं भीतर गया
तो वह पहचान में नहीं आई!
पीड़ा के उत्कर्ष पर भी
उसने कहा मुस्कुराकर—
''देखो तो क्या मेरा हाल हुआ,
दो-दो दिल धड़क रहे हैं मुझमें,
चार-चार आँखों से कर रही हूँ आँखें चार मैं
महाकाल से!''
कहती हुई यह वह फैल गई पूरी पृथ्वी पर,
उसके आवेग से थरथरा उठे सब पर्वत
ठेल दिया उसने पहाड़ों को पैरों से एक तरफ!
उठ रही थीं उससे ऐसी उसाँसें—
काँप-काँप उठते थे उसकी उसाँसों से जंगल,
इन्द्रधनुष के सात रंगों से
था वह बिछौना सौना-मौना!
जन्म ले रहा था वो नया पुरुष

उसके पातालों से जिसका खाका खींचती थी वह
रोज़ सुबह मुझे चाय देती हुई,
कहती थी आकाश में जगता सूर्य देखकर—
"बेटी हो तब तो चिन्ता ही नहीं,
बेटा अगर हो तो हो सुबह का सूरज,
उसमें प्रचंडता नहीं हो,
लोभ, क्रोध और कामनाओं के अतिरेक से पीड़ित,
ओजोन छिद्र भेदता
अतिशय पुरुष
नई धरती के किस काम का?
खुद अपना पुरुष गढ़ेगी नई धरती अब!
स्वस्थ होंगी धमनियाँ उसकी और दृष्टि सम्यक्!
उसके उन उन्नत पहाड़ों से फूटेगी जब
दुधैली रोशनी, वह पिएगा!
अँधियारा इस जग का
अंजन बन उसकी आँखों में सजेगा!
झूलेगी अब पूरी कायनात झूले से,
फिर धीरे-धीरे बड़ा होगा नया पुरुष,
सम्बुद्ध प्रज्ञा से शासित-अनुकूलित,
प्रज्ञा का प्यारा भरतार,
प्रज्ञा को सोती हुई छोड़कर जंगल,
इस बार लेकिन वह नहीं जाएगा।"
मेरी माँ भी कुछ-कुछ ऐसा ही
देखा करती थी क्या सपना
जब मुझको टखनों पर बैठाकर
झूला झुलाती हुई गाती थी—
"नया बीती उठे, पुराना बीती गिरे!"
बीती यानी भित्ति-नई दीवार उठे, पुरानी गिरे,

लेकिन उठे ही क्यों कोई दीवार, उठे, आदमी उठे!
उठ रहा है धीरे-धीरे
माँ के ही टखनों पर एक नया आदमी!
कितनी सदियाँ बीत जाती हैं एक अदद आस फूल जाने में,
कितनी लम्बी होती है, बाबा, नन्ही से नन्ही इच्छा की उड़ान!

## सत्रह बरस का प्रतियोगी परीक्षार्थी : 'माँ, यह दुख क्यों होता है?'

दूध जब उतरता है पहले-पहले, बेटा
छातियों में माँ की—
झुरझुरी जगती है पूरे बदन में!
उस दूध का स्वाद अच्छा नहीं होता,
पर डॉक्टर कहते हैं—उसको चुभलाकर पी जाए बच्चा
तो सात प्रकोपों में भी जी जाए बच्चा!
उस दूध की तरह होता है, बेटे,
पहली विफलता का स्वाद!
भग्नमनोरथ भी तो रथ ही है—
भागीरथी जानते थे, जानता था कर्ण,
जानते थे राजा ब्रूस मकड़जालेवाले
और तुम भी जान जाओगे—
कुछ होने से कुछ नहीं होता,
कुछ खोने से कुछ नहीं खोता!
पूर्णविराम कल्पना है,
निष्काम होने की कामना
भी आखिर तो कामना है!
सिलसिले टूटते नहीं, रास्ते छूटते नहीं।

पाँव से लिपटकर रह जाते हैं एक लतर की तरह—
जूते उतारो घर आकर तो मोजे में तिनके मिलेंगे लतर के!
तुम्हें एक अजब तरह की दुनिया
दी है विरासत में—
हो सके तो माफ कर देना!
फूल के चटकने की आवाज यहाँ किसी को भी
सुनाई नहीं देती,
कोई नहीं देखता कैसे श्रम, कैसे कौशल से
एक-एक पंखुड़ी खोली गई थी!
यह फलों की मंडी है, बेटा,
सफल-विफल लोग खड़े हैं क्यारियों में!
चाहती थी-तुम्हें मिलती ऐसी दुनिया
जहाँ क्यारियों में अँटा-बँटा, फटा-चिटा
मिलता नहीं यों किसी का वजूद!
हर फूल अपनी तरह से सुन्दर है—
प्रतियोगिता के परे जाती है
हरेक सुन्दरता!
और 'भगवद्गीता' का वह फल?
भर्तृहरि के आम की तरह
राजा से रानी, रानी से मंत्री,
मंत्री से गणिका, गणिका से फिर राजा के पास
टहलता हुआ आ ही जाएगा—
रोम-रोम की आँखें खोलता हुआ!
पसिनाई पीठ पर तुम्हारी
चकत्ते पड़े हैं
खटिया की रस्सियों के!
ऐसे ही पड़ते हैं शादी में
हल्दी के छापे,
पर शादी की सुनकर भड़कोगे तुम!
कल रात बिजली नहीं थी।

मोमबत्ती की भी डूब गई लौ
तो किताब बन्द की तुमने
और अँधेरे में
चीजों से टकराते
हड़बड़-दड़बड़ आकर बोले—
'माँ, भूख लगी है!'
इस सनातन वाक्य में
एक स्प्रिंग है लगा,
कितनी भी हो आलसी माँ,
वह उठ बैठती है
और फिर कनस्तर खड़कते हैं
जैसे खड़कती है सुपली
दीवाली की रात
जब गाती हैं घर की औरतें
हर कमरे में सुपली खड़काती—
'लक्ष्मी पइसे, दरिद्दर भागे, दरिद्दर भागे, दरिद्दर भागे!'
दारिद्रय नहीं भागता, भाग जाती है नींद मगर।
तरह-तरह के अपडर
निश्शंक फर्श पर टहलते मिल जाते हैं,
कैटवॉक पर निकला मिलता है भूरा छुछूँदर!
छुछूँदर के सिर में चमेली का तेल
या भैंस के आगे बजती हुई बीन
या दुनिया की सारी चीजें बेतालमेल
ब्रह्ममुहूर्त्त के कुछ देर पहले की झपकी के
एक दुःस्वप्न में टहल आती हैं,
और भला हो ईंटों की लारी का
कि उसकी हड़हड़ गड़गड़ से
दुःस्वप्न जाता है टूट,
खुल जाती हैं आँखें,
कहता है बेटा,

'माँ, ये दुख क्यों होता है,
इसका करें क्या!'
सूखी हुई छातियाँ मेरी
दूध से नहीं लेकिन उसके पसीने से तर हैं!
मैं महामाया नहीं हूँ, ये बुद्ध नहीं हैं,
लेकिन ये प्रश्न तो है ही-जहाँ का तहाँ, जस का तस!
एक पुरानी लोरी में
स्पैनिश की टेक थी—
'के सेरा-सेरा...वॉटेवर विल बी, विल बी...
ये मत पूछो कल क्या होगा, जो भी होगा, अच्छा होगा!'
मैं बेसुरा गाती हूँ, ये हँसने लगता है—
'बस, ममा, बस-आगे याद है मुझे!'
रात के तीसरे पहर की ये मुक्त हँसी
झड़ रही है पत्तों पर
ओस की तरह!
आगे की चिन्ता से परेशान उसके पिता
नींद में ही मुस्का देते हैं धीरे से!
उत्सव है उनका ये मुस्काना
सुपरसीरियस घर में!

## इतिहास : क्रान्ति चौक

आज मैं इतिहास से टकरा गई,
लेकिन वह मुझको पहचान ही नहीं पाया!
भूल चुका था मुझको पूरा वह,
भूल चुका था कि मैं उसकी ही कक्षा में थी!
हालाँकि मुझको भी जल्दी थी,

फिर भी मैं कुछ देर खड़ी रही—
सोचती हुई कि वे क्या दिन थे!
मैंने उसके साथ फोक्चे नहीं खाए थे लेकिन
जब भी वह जेल गया,
मैंने भी कुछ पोस्टर साटे इधर-उधर!
मोर्चे पर जब वह था,
मैंने भी कितने जवानों की खातिर स्वेटर बुने!
भर-आँख मैंने उसे देखा!
हालाँकि जाने की जल्दी थी,
फिर भी मैं खड़ी रही
और एक बार मुस्कुराई!
इस तरह से हो सकी
यह मुलाकात शानदार :
जो भी सिकन्दर से राजा पुरू बोले थे,
मैंने उससे नहीं कहा
एक राजा दूसरे से मिलता है ज्यों—
वह मुझसे नहीं मिला,
लेकिन मैं उससे ऐसे ही मिली!
जैसे कि जूम तकनीक से
दर्ज कर रहा हो कुछ कैमरा :
ऊपर से नीचे तक
मैंने उसे ठीक से देखा
और अपनी राह चल दी
मस्त अपनी खुदी में,
मेरी खुदी के दुपट्टे का एक सिरा
दूर कहीं नभ में लहराता था
और यहाँ, दूसरे सिरे पर
यह दुनिया बँधी थी—
नैहर के खोएँछे-सी!

# इस्माइल खाँ एंड संस, इराक रिटंड : युद्ध विराम

युद्ध के समय कुछ पुरबिए
　　　　इराक में फँसे।
'मरना भलो बिदेश में', क्या सचमुच?
　　　　रोज सोचते!
इस्माइल खाँ ने संकल्प लिया एक रोज
बच्चों का मुँह देखकर,
आज वे हँसाएँगे कुछ कहकर, बहुत सोचकर तब उन्होंने कहा—
"'जो गरजते हैं, बरसते नहीं'—यह कहावत
बादलों पर तो लागू है, बमों पर नहीं।
वे बरसते हैं गरजते हुए!'
"तीन दिनों से नहीं बरसे मगर,
खुलने लगे हैं शटर!
बच्चे मचलने लगे हैं जाने को बाहर!
छटर-पटर हैं बैट-बॉल!"
बेगम ने चूल्हे की नॉब साफ की और कहा!
लपटें लगीं फिर उचकने
बची हुई गैस चूसती।
जल्दी ही डूबेंगी फिर से, पर उससे क्या?
हर दिन मुबारक है इस जिन्दगी का!
किसी बड़ी बी की तरह
पकड़कर अपने पिराते हुए घुटने,
उठ रही हैं धीरे-धीरे फिर
भूली हुई सब दुआएँ,
ताकत लगाकर उचार रही हैं खुद को।
　　　　सृष्टि के ऐन पहले का अँधेरा
　　　　फैला है टीवी स्क्रीन पर,
　　　　टेलीफोन के भीतर

बह रही है एक गुम सनसनाहट
रात के अन्तिम पहर की!
भूल गया है कुकर सीटी बजाना।
कंठ में अटका है वही अन्न का दाना
जो ढूँढ़ती-ढूँढ़ती चिड़िया
कहाँ से कहाँ आ गई थी।
बढ़ई-बढ़ई, खूँटा चीर!

## मातृभाषा : आई. टी. में कार्यरत पुराने सहपाठी के साथ एक शाम

छुट्टी के दिन बैठ जाता हूँ कभी-कभी
मिनट-दस मिनट को मैं माँ के सिरहाने।
चाहता हूँ कि कहूँ कुछ-कुछ
लेकिन फिर बात ही नहीं सूझती!
वो ही उत्साहित-सी
करने लगती है तब
बचपन की बातें!
बैक-गियर में ही हरदम चलाती है
माँ अपनी गप-गाड़ी
'जब तू छोटा था' से ही शुरू होती है
उसकी वेताल-पचीसी!
पुश्तैनी गहनों
और पीतल के गागर-परात की तरह
वह सँजोए बैठी है अब तक
मेरे सब यक्ष-प्रश्न,
कुछ चुटकुलेदार वाकये

और ठस्सेदार शब्द मातृभाषा के!
माताएँ दूध पिलाकर
सिर्फ आपको नहीं
पोसतीं,
पोसती हैं वे अनेरुआ कई शब्द ऐसे
जो कभी शब्दकोशों के सिंहासन नहीं चढ़ते,
पर जान होते हैं भाषा की!
भाषाएँ मातृभाषा होती हैं माँओं से दम से
और माँ के दूध की गन्ध
आती है हर मातृभाषा से!
माँओं के बचाए हुए ही बचती है भाषा,
क्या होता मेरी हिन्दी का
माँ के बिना?
सोचता हूँ, लिक्खूँ माँ को एक चिट्ठी—
पृथ्वी-जितनी बड़ी,
लेकिन कम्प्यूटर में फोंट नहीं हिन्दी के!
आठवीं कक्षा में ही मेरी
छूट गई हिन्दी,
और कलम की मुँहलगी हो गई
एक ऐसी भाषा जो
दूर-दूर तक किसी की नहीं थी!
'माई गॉड, शिट-हिट, शट-अप,
येस-नो, हायर और फायर,
थैंक्स और हेल्ड-अप,
गेट-आउट, हलो-हाय-सॉरी से
दगी हुई यह भाषा
आवेदन अच्छे लिख सकती थी
पर माँ को चिट्ठी कैसे लिखती!
माँ वाली चिट्ठी की भाषा
सपनों की भाषा ही हो सकती थी

या फिर स्मृतियों की!
हाँ–ना के बीच के
उर्वर प्रदेश में
ओस का दुशाला
ओढ़े खड़ी भाषा,
हरी–भरी और मन–भरी भाषा
हिन्दी ही हो सकती थी!
हिन्दी लिखते लेकिन डर–सा लगता था,
वर्तनी गलत हो गई तो माँ डाँटेगी।
उसने मेरी वर्तनी पर काफी मेहनत की थी।
व्याकरण भी मेरा बिगड़ गया है काफी,
हालाँकि लिंग–निर्णय की मैं गलती नहीं करता
स्त्री–विमर्श की कृपा!
लेकिन अब भूल रहे हैं शब्द ही
शब्द जो कि घोड़े की पीठ की तरह,
पान की तरह
फेरे जाएँ प्यार से
तो ही टिकते हैं!
एक बार माँ ने सिखाया था
कि तत्सम की 'सौरि'
बन जाती है देशज की 'सोइरी' कैसे!
सौरि यानी प्रसूति–गृह
जहाँ जन्म लेते हैं बच्चे,
नाल जहाँ कटती है उनकी!
अँगरेजी 'सॉरी' का भी
उच्चारण प्रायः ये ही है!
'सॉरी' यानी कि फाहा
जख्मों का!
फाहे की तरह उड़ रही है हवा में मेरी हर अनुच्चरित 'सॉरी'
जो जाने कितनी दफा मुझे कहनी थीं माँ से

लेकिन कहते नहीं बनीं!
मौन से ही मैंने
चला लिया काम फिर से!
'परिपक्वता' शायद इसको कहती है
सभ्यता!
इतना समझता हूँ
लेकिन यह नहीं समझ पाता—
क्यों हर फल
अपनी ही डाल से
टपक जाता है हरदम
परिपक्व होकर?

## मिठनपुरा-1 : भींगी बरसाती

बारिश घनघोर
मिट गए हैं घरों के नम्बर!
शायद ये घर मेरा है!
एक खूँटी है यहाँ—
सीढ़ियों के सामने
दरवाजे के बाएँ!
हाँ, ये घर मेरा ही होगा,
पर 'मेरा' क्या होता है?
भींगी बरसाती-सा
अपना वजूद टाँगती हूँ मैं
घर के बाहर वाली
खूँटी पर!
कसती हूँ साड़ी का फेंटा!

करती हूँ अब गृहप्रवेश!
यह घर भी नगरी है एक!
हँसती हैं यादें—
मिशन पर हूँ—काम बहुत हैं सर पर—
'प्रबिसि नगर कीजै सब काजा!'
किरतनिया बजा रहा है बाजा!

## मिठनपुरा-2 : स्त्री-सुबोधिनी

जानती हूँ, बाबा—
विश्वासी जीव हुआ करते थे आप,
मेरी विदाई के पहले
रात को थपकियाँ देकर सुलाते हुए
बहुतेरे श्लोक पढ़े थे आपने!
अन्तिम वाले का मतलब शायद यह था कि
'जिसने विश्वास कर लिया, उससे छल करने में कौन-सी विचक्षणता,
जो गोदी आकर लेट गया,
उसे मार देने में कौन-सी बहादुरी?'
बचपन में ही आपने
मेरा गठबन्धन किया अपने जिस अनुपम विश्वास से,
कठिन गृहस्थी मैंने की उसके साथ!
दुनिया में जब कुछ बुरा घटता,
यह मुझसे ही लड़ता!
ढन्न खोल देता दरवाजा और निकल भागता!
शाम तलक लौट आता मगर
    कहता पिनककर—
    "लौटके बुद्धू घर को आए,

खुश हो अब ?''
दंगों के वक्त खासकर
काँपती हूँ सोचकर—
''क्या एक दिन वह भी आएगा,
जाएगा छरियाकर बुद्धू विश्वास
और लौटकर घर नहीं आएगा ?''

[ अंक - 3 ]

# चलो दिल्ली, चलो दिल्ली
# वैशाली एक्सप्रेस : 2009

# खिचड़ी

इतने बरस बीते, इतने बरस!
सन्तोष है तो बस इतना
कि मैंने ये बाल
धूप में तो सफेद नहीं किए!
इन खिचड़ी बालों का वास्ता,
देखा है संसार मैंने भी थोड़ा-सा!
दुनिया के हर कोने
क्या जाने क्या-क्या खिचड़ी पक रही है :
संसद में, निर्णायक मंडल में,
दूर वहाँ इतिहास के खँडहरों में!
'चाणक्य की खिचड़ी' से लेकर 'बीरबल की खिचड़ी' तक
सल्तनतें हैं और रणकौशल!
मुझे खिचड़ी-भाषा से कोई शिकायत नहीं!
खिचड़ी गरीब मेहनतकश का
सबसे सुस्वादु और पौष्टिक भोजन है,
पर मैं सुपली में फटककर
कुछ कंकड़ चुन लेना चाहती हूँ!
और तब धो-धोकर
सीधा डबका लेना चाहती हूँ अपना सच
सादा ही

नमक-मिर्च मिलाए बिना!
डबकाना चाहती हूँ अपना सच
उस बड़े सच की हँड़िया में जो साझा है!
और चाहे जो हो—साझी सच्चाई
काठ की हंड़िया नहीं है
कि दुबारा न चढ़े आँच पर!
रोज वह करती है आग की सवारी,
रोज़ रगड़घस सहती है हमारी-तुम्हारी!
मुझे खिचड़ी-भाषा से कोई शिकायत नहीं।
छौंक के करछुल में जीरा बराबर
चटक रहे हैं मेरे सपने—
इसी में!

## स्त्री कवियों की जहालतें

कविता भी है तो स्त्री ही
कोई उसे सुनता नहीं,
सुनता भी है तो समझता नहीं,
सब उसके प्रेमी हैं और दोस्त कोई नहीं!
कितनी अकेली है
            अपनी इस छूँछी मांसलता में वो—
            मांसलता,
            नन्हे कबूतर की—
            राजा शिवि तक जो आया था
बाज का खदेड़ा हुआ!

## पगड़ी

आजी कहती—'भूले से भी
कुछ ऐसा मत करना, बेटी
जिससे उछल जाए बाबा की पगड़ी!'

जब भी बाबा जाते बाहर,
धीरे से पगड़ी उठाते,
मैं भी मचल जाती, फिर आजी समझाती—
'जा तो रही है तू
सिर चढ़ा रखा है तुझको ही
तू ही है बाबा की पगड़ी!'

भैया आगे-आगे दौड़ता
खिड़की पर खड़ी-खड़ी मैं सोचती
'सिरमौर मैं हूँ बाबा का,
मैं ही तो हूँ उनकी छाया कलंगीदार,
माथे पर चटके प्रचंड धूप तब भी मैं
उनको लू लगने नहीं देती!'
जब बाबा नहीं रहे,
भैया का मुकुट बन गई
बाबा की पगड़ी।
लेकिन अब हालात ऐसे हैं,
एक पगड़ी मुझे भी चाहिए,
'सात महीने का एडवांस,
ऊपर से पगड़ी'
इंटरनेट पर सूचना है!
किराये का घर चाहिए तो ये पगड़ी
देनी ही होगी!

सर्च...क्लिक...क्लिक...सर्च...क्लिक!
कर लूँगी इसका भी इन्तजाम
जैसे कि मजदूरनी रखती है गमछी के गोले पर
बालू की तकड़ी,
मैं सारी दुनिया उठा लूँगी माथे पर
अपने ही आँचल की बाँधे हुए पगड़ी।

## 'ध' से धमाका

'ध से 'धरम' या 'धमाका'
तुम ही बोलो—लिखूँ क्या?' उसने कहा!
मैं लजाकर बगलें झाँकने लगी!
बच्चों को क्या पढ़ाया जाए,
वे ही पढ़ा देते हैं हमको
जीवन के पाठ नए!
जिसको मैं करा रही थी अक्षर-ज्ञान,
पिछले आसाम ब्लास्ट में इसने
अपना पिता खोया था
और अब बम्बई, बम से लहालोट
सामने थी इसके!
इतना भी छोटा नहीं था यह
कि नहीं समझता आपसी रिश्ता
धर्म और धमाके का!
बँगला तो उसको आती ही थी
और असमिया भी,
मुझसे वह सीख रहा था हिन्दी
क्योंकि अब आसाम के बाहर

ढूँढ़नी थी नौकरी!
सत्रह बरस का वह लड़का
फटी-फटी आँखों से
देख रहा था यह नई दुनिया
तरह-तरह के सवाल पूछता!
हरदम ही ट्रांजिस्टर
लगा हुआ रहता उसके कान पर,
सुनता रहता वो
आकाशवाणी पर
मृतकों के आँकड़े!
कभी-कभी सुनता वह गाने भी,
शमशाद बेगम की आवाज
उँगली पकड़कर
लिए चली जाती उसे
कहाँ से कहाँ!
बिस्मिल्ला खाँ की शहनाई की
खोई-सी धुन उसकी आँखों के
पानी में हिलती!
चौरसिया
ख्वाबों में बंसी बजाते,
पर चैन की नहीं!
पौराणिक सब किस्से याद थे उसे—
(उसके बाबा किरतनिया थे!
आसाम के चायबागानों में
उनकी चौकी लगती थी)
पौराणिक किस्सों में
बम्बई की बारिश की तरह
रह-रहकर होती थी आकाशवाणी!
तब भला कौन जानता था—
आकाशवाणी के नाम पर

एक भवन उठ जाएगा
इसी आर्यावर्त्त में
और देवगण यानी मंत्रीगण
करेंगे प्रसारण
छिटपुट सन्देशों का
सुबह-शाम!
हे भगवन—
क्या है यह जीवन—
रात के अन्तिम प्रहर का समाचार—
दिन-भर में दस बार दुहराया गया
समाचार—
तकिए में मुँह गाड़कर
जिसे सुनते हैं आप रोज
मुँह खोले—
ऊँघते हुए?

## मेट्रो

गाढ़ी कमाई के दस रुपये
इस खातिर ही
बचाकर रखिए
कि
शून्य से
शून्य तक का
अनन्त सफर
तय कर सकें!
जब कोई जगह न बचे

जाने की,
जाना जरूर चाहिए
एक बार
किसी शून्य तक!
कड़कड़डूमा और घिटोरनी
आपका घर भी हो सकते हैं
इस लामकाँ सरहद पर
जहाँ आप
खुद से ही
पहली दफा मिलकर
कहना चाहें—
'हे, हलो'!

## गृहलक्ष्मी

कौन-सा स्विस खाता खोलना था मुझको,
मैं क्यों स्विट्जरलैंड जाती,
हाँ, लेकिन एक फिल्म में मैंने
देखे थे आँख खोल करके बगीचे
स्विट्जरलैंड के—
एक अनन्त सिलसिला था वो फूलों का
जैसे मजारों में सूफियों का होता है—
'जित देखों तित लाल' का अर्थ अचानक खुला!
लेकिन अब सिलसिले के नाम पर
काम के ही सिलसिले याद हैं केवल!
गृहचक्र साथ ही नहीं छोड़ता!
चाहे जब नींद खुले—

मैं उसको देखती हूँ खुद पर झुका हुआ।
हर कोने-अँतरे में छुपा हुआ वो ही बस'
करता है मेरी प्रतीक्षा।
तूल नहीं मैंने इसे दी कभी,
हरदम पीछा ही छुड़ाया,
पर यह मजनू का बच्चा मुझसे
बाज नहीं आया!
साइकिल पर मेरे रिक्शे के पीछे चलता-चलता
मुझको जो रोज सुबह स्कूल के गेट तक छोड़ आता था,
अपने उस अनजान प्रेमी का धीरज ले
मैं भी निभाए चली जाती हूँ
पराक्रमी, मौन-हठी, अपने इस चौके-चूल्हे के
पचपन हजार सिलसिलों से—
स्विस ट्यूलिपों की तरह जो खिले हैं अब
माथा डुलाते-से चारों तरफ मेरे!

## परचून

पंसारी जहाँ भी लगा दे दस बोरियाँ—
पटरी पर, गैराज में, खोली के अन्दर—
रख ले दो-चार बोइयाम—
आराम से वहीं सज जाती है
खुदरा परचून की दुकान—
बड़े-बड़े स्टोरों से सीधी आँखें लड़ाती!
बकझक, कुछ मोलतोल, हालचाल या आपसदारी,
'आज नकद, कल उधार' की पट्टी के बावजूद
कई महीनों की बेरोक वह देनदारी—

इनके बिना बड़ी बेस्वाद है खरीदारी—
नहीं जानती यह एफ.डी.आई. !

## लोकतंत्र

सिक्कों का सिक्का
चला है, चलेगा हमेशा!
ट्रेन की खिड़की से
नदियों में फेंके गए,
चौराहों पर जब भी
फैली हथेली
जेबों से ये ही बाहर आए!
दुल्हन की चौकाछुआई में चढ़ी
ताजा गुड़ की खीर के भीतर
डबके यही!
सिक्कों का सिक्का चला है,
चलेगा हमेशा!

## एक पिता की मुश्किलें

बाइबिल में 'प्रॉडिगल्सन' की नीतिकथा पढ़ते हुए
यह जी में कभी नहीं आया था—
मेरे भी होगा ऐसा जैसा होता है हर बेटा—
एक जेब में पूरी दुनिया बदलने का सपना,
दूसरी में कुछ हिदायतें,
सातों सहेलियों की खातिर
नीलकुसुम लाने के मंसूबे,
सदा बादलों पर सवार!

घर जैसे तम्बू हो कोई—
आते-जाते एक छोटी-सी झपकी,
दस कौर षटरस मनुहार,
सारी गलती इसकी अम्मा की,
इसने ही तो लगाम ढीली की,
इस उम्र में उसके पीछे खाना लेकर दौड़ती हुई
बिल्कुल भी अच्छी नहीं दीखती!
मैं आता हूँ खटकर,
ऐसी हहाती प्रतीक्षा मगर
मुझको तो कभी नहीं मिलती!
सारे कपड़े धाँग देता है मेरे,
लेकर उड़ जाता है एकलौती जर्सी,
संगीत के नाम पर
सुनता है कर्कश हाहाकार
देर रात तक!
सोने-जगने का कुछ नियम ही नहीं,
दिन-दिन-भर आवारागर्दी, पार्टी-दफ्तर
और रात को हुल्लड़-पार्टी!
सोचता हूँ, मैं तो गया ही नहीं
हुल्लड़-पार्टी में कभी,
अम्मा के ही गर्भ से निकला जैसे मैं
लिए हुए झोला-भर काम-काज, रन्दा-हथौड़ी!
एक दिन बोला भी मैं उससे—
''मेरी मजाल नहीं थी,
    नौ बजे के बाद घर लौटूँ,
    भोज-भात में कभी गया भी तो
    रिक्शे पर बाबा के साथ—
    वह भी बस ढोने के वास्ते
    सौगातों की टोकरी—
    न्योतहरी धोती-साड़ी या कि तिलौड़ी-अदौड़ी!

सुनकर बोला कुछ नहीं, बस हँसा
अपनी अम्मा का यह चालाक बेटा!
उसने ही घुट्टी में उसको पिलाया यह आप्तवाक्य—
"बेवजह उलझो नहीं, सुन लो सबकी,
करो अपने मन की!"
उसकी उस पहली सिगरेट की
तीखी-सी गन्ध की तरह
उसकी हर बात मारती है अब भभका।
जानता है, पापा जानते हैं,
लेकिन पकड़ में नहीं आता लड़का।

## स्वाधीनता-सेनानी

बाहरी बरामदे पर इनकी खातिर
इतिहास तोशक-सा बिछा हुआ है
बीच से धँसे डनलप के नीचे!
बेटों की इस पर अब दुखती है पीठ,
बाबा की नहीं दुखेगी
क्योंकि ये हैं फ्रीडम फाइटर,
अब तक लगातार ये रहते हैं यात्रा पर!
'वैशाली', 'मिथिला', 'मगध' और 'विक्रमशिला'
प्राचीन ये जनपद
रेलगाड़ियों का ही नाम रह गए हैं अब।
पटना-मुजफ्फरपुर-भागलपुर-दरभंगा के सारे
छुटभैया बाहुबली
ब्रीफकेस की तरह टाँगे फिरते हैं इन्हें
जब आना होता है दिल्ली—

'फ्रीडम फाइटर' के संगाती की 'फ्री' सीट पर!
" 'फ्रीडम' का क्या, वह तो तब भी नहीं थी,
और अब भी नहीं है"
कुछ नकार देने की फ्रीडम", उस रात सोचा इन्होंने,
"ट्रेन की खिड़की से दीखता है बाहर,
एक बड़ा बाज निशाना साधे उतर रहा है धरती पर।
एक झपट्टे में उठा लेगा जिसको—
उस चिड़िया का नाम क्या है?
बारिश घनघोर हो रही है।
क्या बहू ने उठाकर रखा होगा तोशक या तकिया
पत्नी ने नीला 'गुडलक' काढ़ा था जिस पर
स्वाधीनता-दिवस की
पहली वर्षगाँठ पर?"

## नशेड़ी

हाथों में चिलम नहीं उसके
पर छल्ले छोड़ती हुई बेखुदी
घेरे रहती है हरदम उसे!
धीरे से कहता है रोज कान में मेरे—
"चलने दो जैसे चलता है",
जाती हूँ जहाँ-जहाँ,
रहता है पीछे तैनात।
सूरज उसके कंधों की
ओट में डूबता है
जब आईटीओ के पास
शाम सात बजे

वह मेरे पीछे चलना छोड़कर
मेरे आगे चलता है भीड़ काटता हुआ।
नहीं-नहीं, साया-हमसाया नहीं है वह,
एक गन्ध है अनमनी-सी
जो मेरे कानों में बजती है
खुफिया उसाँस छोड़ती
जब भी अपने कबीर से लेती हूँ मैं लुकाठी
घर जारने की तैयारी
रह जाती है यों
धरी-की-धरी!
आलस्य-जड़ता-कायरता या करुणा,
कातर अहिंसा-फकीरी-क्षमा—
ये पालतू कुछ कबूतर हैं
जिनको मैं देती हूँ दाना
तो कबीर की कमली हँसती है,
और नाचता है वो मेरा नशेड़ी
ग्रहपथ पर,
फिर थोड़ा उससे छिटककर!

## बन्दीगृह

डीयू रिज पर वह मिला था मुझे,
खुद से ही जैसे बातें करता—
"कितना अच्छा है कि
बची हुई है अभी तक यहाँ जंगल में
सर टिकाने-भर जगह
और सुबह साँस-भर!

आस-भर नम मुस्कुराहट
और दोना-भर उजास—
खटतुरुस, कत्थई, मांसल!"
बारह बरस का कारावास
काटा था उसने उस अपराध की खातिर
जो उसने किया ही नहीं था!
तरह-तरह के कैदी
अब मित्र थे उसके,
उनकी खातिर वह उपहार लिये जाता था
हर तीज-त्योहार पर!
मैंने उससे पूछा, "कुछ तो कारागृह में ऐसे भी होंगे
जिनसे सचमुच ही अपराध हुए होंगे
जाने-अनजाने!"
उसने कहा—"सत्तर प्रतिशत अपराधी तो खुले घूमते हैं,
बीस फीसदी ऐसे होंगे जो काट रहे हैं सजा,
अपराध मालिकों के अपने सर लेकर,
बाकी आधे कट्टर हैं या मनोरोगी
और आधे शर्मशार! उनका वो पछताना
काशी की कड़ी धूप है
और बारिश बैंगनी
जेरूसलम की—
बारिश जो बन्दी बना ले अचानक,
नजरबन्द कर ले, कहे—"हैंड्स अप"
शर्मिन्दगी एक अलग तरह का लॉक-अप है!"

## नमस्कार, दो हजार चौंसठ

नमस्कार, दो हजार चौंसठ!
नमस्कार, पानी!

कैसे हो ? इन दिनों कहाँ हो ?
नमस्कार, पीपल के पत्तो,
तुमको बरफ की शकल याद है न ?
दूर वहाँ उस पहाड़ की चोटी पर उसका घर था,
कभी-कभी घाटी तक आती थी—
मनिहारिन-सी अपनी टोकरी उठाए :
दिन-भर कहानियाँ सुनाती थी परियों की !
कैसे तुम भूल गए उसको ?
नमस्कार, नदियो !
दुबली कितनी हो गई हो।
आँखों के नीचे पसर आए हैं साये !
क्या स्वास्थ्य अच्छा नहीं रहता ?
स्वास्थ्य केन्द्र चल तो रहा है ?
कैसा है पीपल का पेड़ और ढाबा ?
कई बरस पहले
मुझे ट्रेन में एक लड़का मिला था,
उसकी उन आँखों में
इस पूरी दुनिया की बेहतरी का सपना था !
क्या तुमने उसको कहीं देखा ?
उसके ही नाम एक चिट्ठी है,
एक शुभकामना-सन्देश मंगल-ग्रह का :
चाँद की मुहर उस पर है
आई है कोरियर से लेकिन
पता है अधूरा,
मोबाइल नम्बर भी है आधा मिटा हुआ !
क्या मिट्टी कर लेगी इसको रिसीव
उसकी तरफ से ?
आओ, अँगूठा लगाओ, मिट्टी रानी,
नमस्कार !
अच्छा है—कम-से-कम तुम हो—

पीछे-पीछे दूर तक मेरे—
उड़ती हुई!

## पूर्ण ग्रहण

बरसों की बिछड़ी
दो वृद्धा बहनें—
चाँद और धरती—
आलिंगनबद्ध खड़ी हैं निश्चल!
ग्रहण नहाने आई हैं शायद
गंगा तट पर!
ढीली गठरी उनके दुखों की—
पड़ी है वहाँ रेत पर!

× × ×

ठुड्डी उठाई जो
चाँद ने धरती की तो
बिलकुल सिहर गई!
तेज बुखार था उसे
रह गई थी सिर्फ झुर्रियों की पोटली!
वह रूप कहाँ गया?

× × ×

''ऐ मौसी,
टीचरजी कहती हैं, नारंगी है पृथ्वी!''
''नारंगी-जैसी लगती है,
लेकिन नारंगी नहीं है

कि एक-एक फाँक चूसकर
दूर फेंक दी जाए सीठी!"

## मानिनी

मैंने पानी पिया चार बार, पैंतीस बार घड़ी देखी,
सत्रह दफा खिड़की!
पूरा घर साफ किया सातेक बार, फोन मगर नहीं किया।
स्कूल की प्रार्थनाओं से लेकर
'विनयपत्रिका' तक की कई प्रार्थनाएँ
मन-ही-मन दोहराईं,
तैंतीस बार पोंछी लालटेन, फोन नहीं किया!
चप्पल पहनी-खोली-पहनी, पर गई नहीं, नहीं गई।
फिर अचानक याद आया,
कहते थे बाबा—
'दुविधा हो, खाऊँ कि नहीं,
कभी मत खाओ,
जाऊँ कि नहीं
तो जाओ जरूर!'
एक बार होने-होने को हुई
बाबा की आज्ञाकारी पोती,
लेकिन फिर बाबा को समझा दिया
और बैठी रह गई
मारकर आलथी-पालथी!
छींके पर टँगा हुआ है मेरा मन वैसे,
और जानती हूँ मैं ये भी
कि बिल्ली के भाग से छीका नहीं टूटता,

फिर भी तो देख रही हूँ छीके की ओर
मैं एकटक
बाल–पोथी, भाग दो–वाली
मानो बिल्ली बनकर!

## प्रेम

कुछ तो हो–कोई पत्ता तो कहीं डोले—
कोई तो बात होनी चाहिए जिन्दगी में अब—
बोलने में समझने–जैसी कोई बात,
चलने में पहुँचने–जैसी,
करने में कुछ हो जाने–जैसी तरंग!
सुनती हूँ, यह प्रेम में ही सम्भव है।
प्रेम में ही सम्भव है करना
हर सरहद पार!
प्रेम से बड़ी हैं प्रेम की कहानियाँ,
प्रेम के या खुदा के बारे में सबसे
खूबसूरत बात ये ही है :
आदमी ने गढ़ा उनको या उन्होंने आदमी को—
ताल ठोंककर आप कह ही नहीं सकते।
जिसने भी जिसको गढ़ा हो—इससे क्या!
कल्पना ही यह सुन्दर है कि—
कुछ तो गढ़ा जाए,
कुछ तो हो...
कोई पत्ता तो कहीं डोले
कोई तो बात होनी चाहिए जिन्दगी में अब
बोलने में समझने जैसी कोई बात,

चलने में पहुँचने जैसी,
करने में कुछ हो जाने जैसी तरंग!
सुनती हूँ, यह प्रेम में ही सम्भव है!

## प्रेम इंटरनेट पर

शास्त्रीय प्रेमियों की तरह
मनोयोगपूर्वक
दबा नहीं सकता वह मेरा सर,
गूँथ नहीं सकता मेरी चोटी,
मटके में पानी भी भरवा नहीं सकता,
हाँ, मल नहीं सकता भेंगरिया के पत्ते
मेरी बिवाइयों पर,
पर वह हँसा सकता है मुझको
मेरे विकटतम क्षणों में
अच्छे चुटकुले भेजकर!
फॉरवर्ड कर सकता है भास्वर अंश मुझको
कितनी नायाब किताबों से।
ले सकता है मॉक-इंटरव्यू
असली वाली अन्तर्वीक्षा के पहले!
मुझको सलाहें दे सकता है,
मोती लुटा सकता है मुझ पर
चुस्त फब्तियों के।
दोष गिना सकता है मेरे
मस्ताना निरपेक्षता से!
राममोहन राय और ईश्वरचन्द्र विद्यासागर,
कार्वे और ज्योतिबा फुले वाले धीरज से

वह चला सकता है आन्दोलन
मेरे ही नवजागरण को निवेदित!
एक ठठेरे वाली दत्तचित्तता से
वह कर सकता है पच्चीकारी
मेरे वजूद के दरके भाँडे पर!
घर में बहुत भीड़-भाड़ अगर हो तो
रह सकता है सात पर्दों में काबिल ऐयार की तरह!
बिजली-बिल खो जाए मेरा तो
लाल बुझक्कड़ वाली मग्न क्षिप्रता से
कह सकता है मूँदकर आँखें—
"देखो तो चौके के टेबुल की बाईं तरफ की
किताबों पर, कल जब तुम छौंक रही थी सब्जी
और उद्धरण मुझको सुना रही थी उन किताबों से,
बिजली का टैरिफ बढ़ जाने पर
नाक धुनी थी तुमने
एक ब्रेक-सा बीच में लेकर!"
जब भी मेरी नौकरी छूटे,
जब मुझको मार पड़े,
या गालियों की घटा घुमड़े
या फिर लथेड़ लिया जाए मुझे
कीचड़ में बीच सड़क—
वह मुझको कर सकता है एक एस.एम.एस. ऐसा
जो मेरे डूबते हुए मन को एक ही झपाके में
रहट की तरह ऊपर खींचे!
　　　　बातें भी हो सकती हैं उड़नखटोला
　　　　और शब्द हो सकते हैं फारस का घोड़ा—
　　　　ये उसकी बातों ने मुझको सिखाया!
एक दिन मुझसे कहा उसने—
"प्राचीन वेल्श में हरवाहे
बैलों का मनुहार करते हुए

चलते थे बैलों के आगे,
झुक-झुककर, गाते-बजाते हुए वे चलते थे
कि बैल हो लें प्रसन्न
और खेत में प्रफुल्ल कदमों से उड़ते हुए-से चलें!
मिट्टी पर उड़ते हुए कदमों से
बैलों का चलना,
मीठी फसल देता है, अजी मोहतरमा!
बैलों के साथ हो जबर्दस्ती तो
मिट्टी जाती है रूठ!
जिसके भी कन्धे जुआ हो,
मनुहार उसका है वाजिब, बिलकुल वाजिब, है न?"

## पुरुष मित्र

नानी कहती थी कि सम्भव है सिर्फ कल्पना में
पुरुष-मित्र, खरहे के सींग और गूलर का फूल!
सुखद कल्पना है ये दोस्ती घास से घोड़े की,
कैसे कर सकते हैं मैत्री कदली-वन से वानर,
निभ ही नहीं सकती आग से तिनके की दोस्ती!
पूरे चालीस बरस मैं भी आश्वस्त रही,
नानी है, गलत क्यों कहेगी!
आधा जीवन यों ही सिहरते-सिमटते हुए बीता,
बचपन तो बीता ही, बीती जवानी भी
            गर्दन नवाए, आँखें झुकाए!
कक्षा में भी लड़कियाँ
शिक्षकों के पीछे पंक्तिबद्ध आतीं
और सामने की सीटों पर यों आधी ही टिकी हुई बैठतीं

जैसे कि चिड़ियों का झुंड किसी बाड़े पर—
ये उड़ी, वो उड़ी-सी, उठल्लू, बिलल्ला,
आहट की एक रेफ पर
फुर्फुरमफुर्रफुरमफुर्र!
फिर मुझको टूम मिला और तीन साल के
गुप्त रिहर्सल का नतीजा ये कि
मैंने हिम्मत कर नानी को बता दिया—
"एक पुरुष मित्र है मेरा, नन्ना,
वो मुझको वेल्श में मिला
ऐन रंगमंच पर जब हमसे बोले निर्देशक—
"हाथ थामकर खड़ी हो जाएँ
दुनिया की सारी भाषाएँ,
तड़प-भरी चुप्पी के चारों तरफ एक गोला बनाएँ
और गाएँ— जोई-सोई कुछ भी!
जोई-सोई कुछ भी गाना और गाते चले जाना
प्रेम की सरलतम परिभाषा है शायद यही!"
वेल्श उसकी मेरी हिन्दी के पास ही खड़ी थी,
हाथ मेरी हिन्दी का थामना था उसे!
हाथ थामते वो घबराया और मैं भी घबराई—
एक सतह पर भूँजा फाँकते हुए अब हम बैठे थे!
अब भी वह इंटरनेट पर टकरा जाता है और
खुलकर अपने दुख-सुख बतियाता है,
मित्र नहीं, नन्ना, तो वह मेरा क्या है?
इस बात पर नन्ना मुस्का दी
और मुझे मिल गया वीजा
एक नए उर्वर प्रदेश का!

## महानगर में अम्मा

पिंजरे की मैना थी गाँव में माँ,
पिंजरा यहाँ भी है लेकिन बड़ा है!
सींखचों से देखती है वो बाहर की दुनिया।
फेरीवालों से बतियाती है कभी-कभी!
भाषा तो वे भी नहीं समझते उसकी,
लेकिन पुरबिए हैं
और पुरबियों की गपशप में
भाषा कहाँ आती है आड़े?
एक भी शब्द बिना समझे
वे बतिया लेते हैं खड़े-खड़े
दुनिया के सब दुख-सुख!
कभी-कभी उनसे बतियाती हुई
माँ मुझको लगती है छोटी मिनी
'काबुलीवाला' कहानी की!

## खेद-पत्र

जब-तब ये मिल जाते हैं मुझको,
मिलते हैं पूरे अदब से—
कन्धे पर रखते हैं हाथ
और मुस्काते हैं धीरे—
वाणी मधुरं, काया मधुरं,
चलितं मधुरं, हसितं मधुरं,
डर लगता है मुझको इनकी विनय से!

× × ×

लो, फिर से आया ये खेद-पत्र
भूरे लिफाफे में!
गाँधी बाबा हँस रहे हैं टिकट पर!
क्यों हँस रहे हैं गाँधी बाबा?
क्या मुझको फिर दे रहे हैं दिलासा?
आवेदन की वेदना गाँधीजी जानते हैं!
चार-चार प्रतियों में
पचपन प्रपत्रों के साथ,
करती हूँ जब भी आवेदन,
अजब ढंग से घूरता है वह सत्यापन अधिकारी!
हर बार सोचती हूँ यों ही खड़ी-खड़ी
गालिब के बारे में—
'दायम पड़ा हुआ तेरे दर पर नहीं हूँ मैं,
खाक ऐसी जिन्दगी पे कि पत्थर नहीं हूँ मैं',
पत्थर नहीं हूँ पर पत्थर हूँ
पत्थर नहीं हूँ तो कैसे खड़ी हूँ
अहिल्या-सी
अभ्यागत मुद्रा में
पिछले छः घंटों से यों ही
अदद एक मुहर के लिए!
मुहर महज इस बात की
कि मैं वो ही हूँ जो कि मैं हूँ!
क्या मैं वो ही हूँ जो मैं हूँ—
सब कुछ मटियाती हुई—दायम पड़ी उस अहिल्या-सी?

# करुणा थेरी ने कहा

(सुमालिया में अकाल)

ऊसर में एक गिद्ध निश्चिन्त बैठा है—
भूख-प्यास से ऐंठे बच्चे के
तीन कदम पीछे!
ठठरी में साँसें बची हैं अभी!
गिद्ध अद्‌भुत शील दिखा रहा है धैर्य का!
इतनी भी जल्दी क्या!
वह धैर्य से कर रहा है प्रतीक्षा!
        कह रहे हैं सारे पर्यावरणविद
        गिद्ध भी हो गए हैं
        एक लुप्तप्राय प्रजाति,
        क्या कभी लुप्तप्राय
        हो जाएगा आदमी भी?
यह गिद्ध सबसे टूटा-छूटा
किसी धैर्यवान जटायु की
        लग रहा है फोटोकॉपी
और वो आदमी का बच्चा
        हड्डियों का ढाँचा!
यह क्या
        दधीचि-सा
        आनेवाली पीढ़ियों को
        शर साधनेवाला
                कोई वज्र देगा?
कौन किसको मारेगा?
और कौन किसको बचाएगा?
करुणा भी
क्या किसी चिड़िया का शावक है :

गजघंट के नीचे
पल जाएगी
और जब अचानक
युधिष्ठिर
की ठोकर से
टूटेगा गजघंट,
पंख फड़फड़ाकर
आकाश में उड़ेगी—
किसी अकेले गिद्ध के ही
समानान्तर?

## नमक

नमक दुख है धरती का और उसका स्वाद भी!
पृथ्वी का तीन भाग नमकीन पानी है
और आदमी का दिल नमक का पहाड़
कमजोर है दिल नमक का,
कितनी जल्दी पसीज जाता है!
गड़ जाता है शर्म से
जब फेंकी जाती हैं थालियाँ
दाल में नमक कम या जरा तेज होने पर!
वो जो खड़े हैं न—
सरकारी दफ्तर—
शाही नमकदान हैं।
बड़ी नफासत से छिड़क देते हैं हरदम
हमारे जले पर नमक!
जिनके चेहरे पर नमक है—

पूछिए उन औरतों से—
कितना भारी पड़ता है उनको
उनके चेहरे का नमक!
जिन्हें नमक की कीमत
करनी होती है अदा—
उन नमकहलालों से
रंज रहता है महासागर।
दुनिया में होने न दीं उन्होंने क्रान्तियाँ,
रहम खा गए दुश्मनों पर!
गाँधी जी जानते थे नमक की कीमत
और अमरूदों वाली मुनिया भी!
दुनिया में कुछ और रहे-न-रहे—
रहेगा नमक—
ईश्वर के आँसू और आदमी का पसीना—
ये ही वो नमक है कि जिससे
थिराई रहेगी ये दुनिया।

## सुपारी

दुनिया में दो नाते अनुपम हैं :
कविता से गम्भीर पाठक का
और पुराने छात्र से उसकी शिक्षिका का!
वह तो खुद कविता-सा
कम बोलने वाला, शर्मीला विद्यार्थी था!
मैंने उसे दूध नहीं पिलाया था पर
अमृत चखाया था कक्षा में
कालजयी कृतियों का!

कितने बरस बाद वह हाँफता-काँपता आया!
इतना थका था वह, आते ही लेट गया,
धरती पर चित्त लेटकर बोला,
ऐसे बोला जैसे आकाश हो उसका पहला सम्बोध्य—
बोला— ''जी, दीदीजी, जान गया मैं भी—
एक शब्द अपने भीतर कितने विस्फोट
साजे-सँजोए रखता है!
एक अदद शब्द है सुपारी, एक अदद शब्द है सरौता।
पुराने घरों के अन्त:पुरम में
दुपहरिया काटता-कतरता
छप-छप-छप चलता है जो सरौता,
बचपन से मुझे लुभाता है!
वैसे तो बड़ी बुआ देती थीं
रोज ही सुपारी के छल्ले
बाबा को खाने के बाद,
पर जो सुपारी मिली मुझको परसों, वह
खुद ही सरौता बन जाने की कीमत थी!
एक बार तो अटकी गले में सुपारी,
फिर मैंने गोली चला दी ।
गोली चला दी कि यही रोजगार
बच रहा था हम सभी के लिए
जिन्हें कोई जानता नहीं था
और जो किसी को नहीं जानते थे।
जिसकी हत्या मैंने की, उसका भी नाम मुझे नहीं पता था,
नहीं पता था कि इस मौसम में
कौन-सी फसल बोई थी उसने,
किससे क्या वादा किया था ।
गोली लगते ही वह ढेर हो गया!
आँखों में भय का कतरा काँपा
और मुँह से निकला—'माई रे'

दो अस्फुट बोलों में दिखा गया वह अपने
पूरे ही जीवन का ट्रेलर,
अब पसलियाँ जेल थीं मेरी,
और सोच ही मेरा जेलर!
पगलाया-सा घूमता हूँ मैं इधर-उधर
दुनिया की सब माइयों से आँखें चुराता।
कौन माई का लाल इससे मुकर सकता है,
एक शब्द भी पूरी दुनिया का
नक्शा बदल सकता है।''

## आधार कार्ड

वह एक खाली सड़क थी
किसी अजाने देश की!
वह देश सुमालिया भी हो सकता है, ईरान भी,
तिब्बत, क्यूबा या ब्राजील!
अनजान देश की सड़क पर अँधेरा था—
लैम्पपोस्ट की रोशनी के शहतीरों से भिदा हुआ।
लॉरी की छत पर वह चादर लपेटे खड़ा था!
उड़ रहे थे केश कन्धों पर
बर्फीली हवा के खिलाफ!
स्वाभिमान में सर उठाए हुए जो खड़ा था,
उस लड़के का नाम कुछ भी हो सकता है—
प्रोमिथियस, सिद्धार्थ गौतम, चे गोवेरा ।
कोई विस्थापित मजदूर, छात्र, बागी या योगी—
वह हो सकता है कोई भी!
तोड़ी गई थीं उसकी हड्डियाँ,

तोड़ी गई हड्डियों पर लिपटी पट्टी
धीरे-धीरे खुल रही थी!
दर्द का समन्दर हहाता हुआ बढ़ रहा था नसों में।

× × ×

एक जंगलराज पसरा था चारों तरफ,
होने-न होने के बीच एक जंगल था,
जंगल में रात ढल रही थी!
खरहे-तीतर और बटेर नींद में चौकस,
और ताल की मछलियाँ कछमछ!
सीने में मुँह गाड़े एक गिलहरी सो रही थी।
सपनों की सातवीं परत में सन्नाटा था,
सन्नाटे में लेकिन एक बूँद अटकी थी।
पता नहीं, किस हिरणी की आँख से यह गिरी होगी!
परिरम्भण की कोई आखिरी घड़ी होगी!
घास की आँख झिलमिलाती थी
उस लड़के की आँख में
जो खड़ा था लॉरी की छत पर
उठाए हुए
तोड़ी गई बाँह की गठरी!
उठाए हुए माथा,
एक सिग्नल-सा अकानता
आदिवासी बस्तियों का,
हँसता हुआ एक मीठी हँसी
द्वैतों की जुगलबंदियों पर
कि कैसे
एक ही घड़ी में लगातार
दूर कहीं आदिम सुख बजा रहा है चैन की बाँसुरी
और एक आदिम दुख पीट रहा है बादलों में नगाड़ा
होने न होने के बीच कहीं!
दूरस्थ नक्षत्र से फोन आया, मोबाइल बजा,

पट्टी का एक सिरा दाँत में दबाकर वह बोला—
''हलो-हलो, चिन्ता की बात नहीं, माँ,
मैं तो अच्छा हूँ!''
कुछ देर घनघोर चुप्पी-सी छायी रही,
गूँजने लगीं फिर फिजाएँ!
दाँतों में उँगली दबाए खड़े रह गए पेड़ सारे,
फिर गवाही में खड़ी हो गई कायनात।
दर्द का समन्दर हहाता हुआ बोला—
''हलो-हलो, दुनिया के लोगो, वह अच्छा है!
तोड़ी गई हड्डियाँ बोलीं—
''अच्छा है!''
लॉरी भी चुप नहीं रही, ''हाँ-हाँ, अच्छा है!''
सिर्फ सड़क कुछ भी नहीं बोली,
वह गहरी सोच में पड़ी थी—
''अच्छे ही लोग भला क्योंकर
रहते हैं हरदम खटाई में पड़े!
क्या दर्द आधारकार्ड है अच्छाई का
जैसे कि क्रान्ति का सांसत,
और शोर का चुप्पी,
चकचक उजाले का आधारकार्ड यह अँधेरा!
क्यों इतने चितकबरे होते हैं दुनिया के सारे आधार!
क्या चितपट का खेल ही है यह सारा संसार?

## नसीहत

(थानेदार प्रभु आसाराम बापू के नाम)

पूज्यपाद बोले—
''दुनिया की किसी दुर्गति में

भोक्ता की भूमिका नगण्य नहीं होती!
एक उँगली जो उठाइए किसी की तरफ—
चार उँगलियाँ अपनी ओर उठ आएँगी!''
''तो, यह प्रपत्ति
मानें क्या, गुरुवर
आप पर भी लागू?'' किसी ने कहा—
तो घसीटकर उसको
तम्बू के बाहर कर दिया गया।
आगे बोले पूज्यपाद :
''कन्या की भी दुर्गति में
उसकी अपनी भूमिका थी।
सरस्वती मंत्र साधती
तो वाणी में ऐसा ओज जगमगाता,
निष्फल नहीं होती प्रार्थना!
पीकर मताए हुए चारों में से वो
दो के तो पाँव पकड़ लेती, और कहती—
'धर्मभाई हो मेरे, त्राहिमाम्'
तो उनका ब्रह्म नहीं जगता क्या?
औरत का हथियार भाषा ही तो ठहरी,
भाषा की कारीगरी से
भक्षक को रक्षक बना ले जो, वो ही है स्त्री!
त्याग-क्षमा-लज्जा-दया-सहिष्णुता-धीरज-वाक्कला—
गहने हैं औरत के, मर्दों को गहनों से क्या वास्ता!
महल-अटारी लेकर मस्त हो लिए,
मर्दों ने भाषा की ज्योति औरत के लिए छोड़ दी!
कुल मिलाकर देखिए तो
इस बाट-बखरे में
प्रकृति मेहरबान औरतों पर ही रही,
मर्दों को मिट्टी दी, औरत को ज्योति!
भटकों को राह दिखाने का, संस्कृति बचाने का ठीका

धर्म ने तभी स्त्रियों को दिया!
ठीका मिला तो कुछ खुदरा तकलीफें भी
प्रतिभूति-कर या सम्पदा-कर की तरह झेल लेनी थीं!
इतनी भी बक-झक क्या।
सदियों के अनुभव का भी लाभ लेना था,
छुट्टा नहीं घूमना था!
दिल्ली की सड़कें, साढ़े नौ रात का समय, ब्वॉयफ्रेंड और सिनेमा
-एकैकमपि + अनर्थाय + किम् + यत्र + चतुष्टयम् +,
लक्ष्मणरेखाओं की भी, भैया, होती है एक तर्कना!
'आ बैल मुझे मार' की बेवकूफी में
फँस गई हैं लड़कियाँ
जैसे कि बैल बैल होते हैं, मर्द तो मर्द ही रहेंगे न!
बाँध उन्हें सकती है सधी हुई स्त्री-भाषा ही!''
''ध्यान से सुना, थानेदार प्रभु, यह प्रवचन!
भाषा की भी सीमारेखा होती है न,
उसकी भी होती है एलओसी
यह एलओसी लाँघकर
कहना है प्रत्युत्तर में इतना ही—
''बकौल आपके
सरस्वती मंत्र नहीं साधने की—
उचित ही सजा पाई कन्या ने,
पर आपको क्या हुआ,
क्यों आपका मंत्र काम नहीं आया,
कैसे यों फिसल गई जीभ कि फूट गया भांडा,
कालेधन की तरह एकदम उजागर हुआ
भीतर जो छुपा-छुपा कर रखा था
महाकुम्भ विष का!
घंटियाँ डुलाते हुए घूमते हैं जो इधर-उधर,
जिनको नहीं काबू किसी इन्द्रिय पर,
चील-कौओं को खिलाना है उनका गजघंट काटकर!

बलात्कृता देवी सरस्वती ने साधी होती यह महीयसी मुद्रा
सृष्टि के आरम्भ में ही तो आगामी सदियों के ब्रह्मा नहीं घूमते यों निडर।"

## थेरी गाथा : तृष्णा नदी

भिक्षां देहि!
अन्न एक मुट्ठी! सम्भव अगर हो!
ठठरी है। गठरी है!
जब तक है, है ही। तो द्वार खुले?
क्या खुलने ही चाहिए सारे दरवाजे?
पूरा ब्रह्मांड एक भीख की कटोरी—
तृष्णा-थेरी
मुण्डितमाथ
तृष्णा-नदी
प्रफुल्लगात!
प्रतिबिम्बित इसमें आकाश
और चाँद और तारे! ये भिक्षापात्र सारे!
कानों के कान में कहीं
बह रही है कानों-कान
एक बतरस नदी!
आँखों की आँख जानती है,
जिह्वा की जिह्वा भी अन्न माँगती है
कि शब्द ब्रह्म है शायद ऐसे ही।
सूर्य नहीं है वहाँ, नहीं चन्द्रमा,
बिजली भी नहीं चमकती, सब अग्नियाँ मन्द हैं—
जठराग्नि के सिवा!
अँधियारी-सी कन्दरा में कहीं

बहती है तृष्णा-नदी!

× × ×

बन्द दरवाजों के पार
ऊँघती-सी दोपहर में
दूर किसी घर में कुछ गिरा है
पीतल की गगरी-सा!
लुढ़कती चली आई है टुनटुनाहट
कई देहलियाँ लाँघकर!
आवाज की एक नदी बह गई है
इस घर से उस घर तक!
इसमें धोकर अपने थके हुए हाथ
सोचती है यह उसकी
चौंकी हुई उबासी—
हर घर से हर घर तक जाती है राह,
इतना अकेला नहीं होता है आदमी!
एक गूँज का दामन पकड़े
अनुगूँजें कितनी चली आएँ कब भीतर—
कौन कहे!
क्या जाने कौन-कहाँ-कब का खोया
किस रूप-रस-गन्ध-ध्वनि की उँगली पकड़े
आ जाए मिलने, कहे—
'कहो, पहचाना? कैसे हो?'

× × ×

नहीं, नील नदी नहीं, मिसीसिपी भी नहीं, नहीं वोल्गा
दुनिया की सबसे प्रशस्तमन नदी है प्रतीक्षा।
नदियों की आँखों ने क्या-क्या देखा है,
देखे हैं भँवरों की बाँहों में नाचते हुए सार्थवाह
और उधर तट पर

आकाशदीप बालती उनकी प्रेयसियाँ सदियों से
आँखें बिछाए हुए लहरों पर!
प्यास भी एक नदी है वैसे,
एक विलम्बित प्यास—
बालू के भीतर-भीतर बहती
ले जाती है हमको कहाँ से कहाँ!
दुनिया की सब सभ्यताएँ
प्यास के तट पर बसीं!
सौदागर मोतियों से जहाज भरे हुए
आमरण भटकते रहे
एक प्यास से दूसरी तक!

× × ×

कहते हैं, एक नदी में दूसरी बार
पड़ता नहीं कोई जाल!
मछुवारे जब तक पहुँचते हैं—
शाम से अगली सुबह तक के बीच
नदियाँ हो जाती हैं नई-नई,
बह चुका होता है सब पुराना पानी,
बह जाती है सब आनी-बानी—
ऋतुमतियों-जैसी प्रगल्भ और कटी-कटी
रहती है रात को नदी—
करवटें बदलती हुईं!
बह जाती हैं सारी स्मृतियाँ सपनों में,
अवचेतन में डूब जाते हैं सारे नैवेद्य
और चाँद-तारे!
सुबह किसी भूले हुए स्वप्न-सी
उठ जाती है आँख मलती हुई!
विस्मृतियाँ भी हैं नदी शायद,
बोलो, तुम्हीं बोलो, है कि नहीं?

शकुन्तला मुझसे कल बोली—
'मछली के पेट की अँगूठी
मेरा पहचान-पत्र क्यों होती।
भरत के पिता के जो साथ गई,
वह भरत की माँ रही होगी,
मैं तो नहीं थी!
एक नदी में दूसरी बार
पड़ता नहीं कोई जाल,
मैं भी थी एक नदी—
स्मृतियाँ-विस्मृतियाँ
प्यास और प्रतीक्षा की
                    एक उद्दाम लहर—
    एक अनन्त से
    दूसरे अनन्त तक
                    उद्भ्रान्त-सी
                    घूमती!

## महाभिषग

(इरा झा, आलोक पुतुल, महेश वर्मा और बस्तर के अन्य साथियों के लिए)

1

दांड्यायन, ये ही वे जंगल हैं
जहाँ सिकन्दर मिलने आया था आपसे!
पूछा था उसने यहीं पर—
क्या वह कर सकता है आपके लिए!
'सामने से हट जाओ,
तुम बाधित कर रहे हो धूप का रास्ता, ऐ विजेता!'

बोले थे आप जिस ठस्से से, दांड्यायन,
जंगल के पोर-पोर में वो ही ठस्सा
फूल गया औषधि-लताओं-सा!
गौंड़ों और भीलों ने उन्हें रक्त से सींचा।
पेटेंटेड औषधियों के युग में, दांड्यायन
फिर बाधित है रास्ता—
धूप-हवा-रोशनी-नदी घेरे
उद्दंड खड़ा है विजेता!

2

दो गौंड़ सखियाँ
खोदकर लाई हैं औषधियाँ
जरा सुनो—
क्या कह रही हैं वे—
'औषधि लताओ—
तुम सब जो हो आस-पास अभी
और तुम जो यात्रा पर गई हो,
आपस में बातचीत कर लो—
एकमत होकर दो आशिष इन औषधियों को
जो हम लाई हैं
विनयपूर्वक खोदकर—धरती की गुम चोटों की खातिर!

3

धरती की बाँह से सटी-लेटी
औषधियाँ
दरअसल हैं उसकी बेटियाँ—
उसके पुण्यों का प्रसाद!
धरती की पीठ कड़कड़ा जाती है बोझ से जब भी
ये ही तो सहलाती हैं पीठ उसकी,

और सींच देती हैं उसकी पीड़ित सन्धियाँ
अपने अमृत से!

4

घुमड़ रहे हैं हर दिशा से
ये बाण लहरीले!
बिंधती हैं, फिर भी नहीं चुकता अमृत
औषधियों का!...
उनकी नहीं होती एक्सपायरी डेट कोई,
हरदम ही रहती हैं हरी-भरी, प्रायः प्रसन्न।
और देखो तो मुझे!
दुर्वचनों से फक्क पड़ी हुई
मैं क्यों हूँ फीकी—
लावण्यहीन खाद्य-सी श्रीहत, बेस्वाद, थोड़ी-सी कड़वी।
मेरे लिए उच्चरित
दुर्वचनों की औषधि, मुझे मधुर करो!
आएँ-न-आएँ मुझे युक्तियाँ जीवन की—
तुम मेरे भीतर के खेत में खिलो—
बाड़ों पर जैसे दुपहरिया के फूल।
इतना खिलो, खिलो खुलकर ऐसे मुझमें—
मैं खुद ही बन जाऊँ औषधि
धरती के घावों की!
कहते थे महाभिषग,
बुद्धत्व के बीज सबमें हैं,
सारी वनस्पतियाँ हैं औषधि
तो क्या मैं भी?

## दुख की प्रजातियाँ

दुख की अलग-अलग प्रजातियाँ।
एक दुख अन्धों का,
दूसरा उन आईनों का
जो अन्धों की बस्ती में
पड़े रह गए धूल खाते।
एक दुख गंजों का
जिनके कि सिर मुँड़ाते ही ओले पड़े,
और दूसरा दुख उन कंघों का
जो गंजों की बस्ती में
बिकने गए!
एक दुख भैंसों का—
बैठी पगुराने को लाचार
और दूसरा दुख उन बीनों का
जो कि लगातार
भैंसों के आगे बजने को
अभिशप्त रहीं!
प्रिय मार्क्स,
किसको कहें दुश्मन,
किससे संघर्ष करें
कि करीब से देखने पर
सब ही लाचार लगे :
किसिम-किसिम के दुखों में गिरफ्तार!
हे बुद्ध, आप मार्क्स से एक कॉन्फरेंस कॉल कर लें,
हम भी तो सोच ही रहे हैं—क्या करें, क्या करें!
न्याय से बड़ी क्षमा, लेकिन
आईना दिखलाना आपको स्वयं ही जरूरी लगा,
खौलते हुए पानी में तो किसी का भी चेहरा नहीं दीखता,
इसीलिए आईने से भी चमकीली

एक प्रशान्त झील बनने की इतनी वकालत की!
वैर से वैर शान्त सचमुच नहीं होता,
यह तो अवैर से ही शान्त होता है,
किन्तु अवैर की पराकाष्ठा है निरन्तरता
न्याय को निवेदित सदाशय संघर्षों की!
माना कि स्वयं में परिवर्तित जगत् जान लेने पर
उँगली किसी पर नहीं उठती होगी,
पर आँखें खुल जाने पर
निरुद्विग्न कैसे रह सकता है कोई,
कैसे अदेखा कर सकता है
आस-पास जो हो रहा है— वो?
आखिर तो 'मुक्ति' स्त्री ही है,
तब ही तो हँसती-बतियाती
सदा झुंड में चलती है,
किसी को कभी भी अकेली नहीं मिलती!

## वापसी

मैं अचकचाकर उठी!
ये मैं कहाँ आ गई!
कौन-सा समय है यह?
बुद्ध का समय?
नहीं-नन्हीं,
मैं कुछ नहीं जानती!
मेरा तो कालबोध
बचपन से गड़बड़ है!
बारह बजे रहते हैं मेरे
हरदम ही!

चार बजे होती थी
स्कूल की छुट्टी,
पर छुट्टी की घंटी
मेरे कानों में टनकने लगती थी
बारह बजे से ही!
कुछ दिनों से मेरी पूरी गृहस्थी
बजा रही थी छुट्टी की घंटी!
घर के भीतर भी कई घर थे—
एकान्त के भीतर कितने एकान्त
कन्दीलों की तरह लटकते गए थे!
कोई कुछ कह नहीं रहा था,
पर एक मिस्ड कॉल की तरह
जीवन में कुछ था
जो छूट गया था,
वापस जो डायल भी नहीं हो रहा था—
सब लाइनें व्यस्त थीं,
न्यस्त थे सिलसिले!
सारांश यह कि
मेरी यह छुट्टी ही
अब साइलेंट मोड पर बज रही थी!
खतम हुई यह पाठशाला भी!
एक मिनट की बात थी!
फाटक बस खुलने ही वाले थे,
होने ही वाली थी मैं नौ दो ग्यारह!

एक बार गेट तो खुले, मैंने सोचा,
पहले मलाईबरफ खाऊँगी
स्कूल के फाटक पर,
फिर दौड़ती-भागती
जाऊँगी अपने घर—

चाहे जहाँ हो वो!
देह का दुपट्टा
गले में पड़ा
लहराएगा हवा में ऊँचा—
जे जन्तरा थेरी,
धम्मा थेरी, जे बिसाखा—
सब आओ,
रेस लगाओ नदी से,
गिरती है तो गिरने दो
कन्धे से कथरी!
आओ, चखो थोड़ा—
पूरी धरती ही है
वही सुजाता वाली
खीर की कटोरी!

## हवामहल

कैलेंडर में मैंने देखा था
जयपुर का उत्तुंग हवामहल—
सौ खिड़कियों वाला, अटट गेरुआ
जैसे अणिमा-गरिमा-लघिमा वगैरह-वगैरह
आठ सिद्धियाँ साधकर जोगी
उड़ने को पूरा तैयार!
जितने भी सुन्दर कैलेंडर होते थे—
बिस्तर के नीचे तहाकर रख देती माँ!
जब घर में आतीं किताबें नई—
जिल्द चढ़ाई जाती उनकी ही!

जिल्द चढ़ाने के उस अभियान में शामिल होते हम
नए योद्धाओं के जोशोखरोश से—
गोंद की शीशी, स्केल और कैंची
गदा की तरह धारे
पापा को घेर बैठते!
खासे मजाकिया थे पापा!
स्केचपेन से किताबों पर
नाम हमारा लिखते
और कैलेंडर की तस्वीरों के बारे में
कुछ-कुछ कहते लगातार ही :
रविवर्मा की प्रतीक्षारत रूपगर्विताएँ,
दुनिया के सुन्दर वन-उपवन
या फिर उत्तुंग-सी इमारतें हवामहल-जैसी
उन दिनों कैलेंडर की मुँहलगी
ये ही तस्वीरें होती थीं!
कैलेंडर की जिल्द पर हमको
हवामहल दिखाते हुए बोले पापा—
"देखो, भाई, होना तो होना हवामहल!
सब खिड़कियाँ खोलकर रखना जीवन-भर!
जो आए भीतर, वह टिके नहीं,
बह जाए!
एक कान से सुनकर ज्यों दूसरे कान से बाहर
कर देते हो बातें तुम सब,
वैसे ही इस खिड़की आए, उस खिड़की निकल जाए
द्वेष-राग, दुख-सुख- कुछ जबदे नहीं भीतर!"
तबसे अब तक कितने कैलेंडर बदल गए,
पर जिल्द की तरह मेरे वजूद पर
चढ़ा हुआ है अब तक पापा का हवामहल!
कभी-कभी लेकिन कुछ भीतर अटक जाता है!
उम्र हुई, कुछ कब्जे ढीले पड़े होंगे,

दरवाजे कभी बन्द हो भी जाते हैं
और ढनमना जाती हैं खिड़कियाँ।
कुछ है जो पार नहीं हो पाता मुँदते कपाटों के
और बुड़बुड़ाकर रह जाता है
जैसे कि हुक्के के पानी में बन्द हवा।
हवामहल के बाहर से देखती हूँ मैं हवामहल,
तो पूरा हवामहल लगता है हुक्का—
चाँद चौधरी के चौपाल में तना हक्का-बक्का!
कभी-कभी सोचती हूँ थोड़ा घबराकर,
कयामत के दिन आ गए अब तो—
सातवें आसमान में
अगर पापा मिले और पूछा उन्होंने कि कैसा है
मेरे भीतर का वह हवामहल,
क्या दूँगी उनको जवाब!

०००